叁斤半 著

大天大地

陕西新华出版

太白文艺出版社·西安

图书在版编目（CIP）数据

大天大地 / 叁斤半著. -- 西安：太白文艺出版社，
2025. 1. -- ISBN 978-7-5513-2920-0

Ⅰ. I247.5

中国国家版本馆 CIP 数据核字第 2025KE5743 号

大天大地
DATIAN DADI

作　　者	叁斤半	
责任编辑	汤　阳　蔡晶晶　杨钦一	
封面设计	宁　萌	
版式设计	宁　萌	
出版发行	太白文艺出版社	
经　　销	新华书店	
印　　刷	四川科德彩色数码科技有限公司	
开　　本	880mm×1230mm　1/32	
字　　数	169 千字	
印　　张	6.75	
版　　次	2025 年 1 月第 1 版	
印　　次	2025 年 1 月第 1 次印刷	
书　　号	ISBN 978-7-5513-2920-0	
定　　价	79.00 元	

联系电话：029-81206800
出版社地址：西安市曲江新区登高路 1388 号（邮编：710061）
营销中心电话：029-87277748 029-87217872

目 录

序　章

"很久很久以前，太阳还未出来的时候，咱们，是活在大海里的，喝着海水，吃着贝壳儿，裹着羊皮儿，踩着海底硌脚的玻璃碴儿。"

"后来，有一条龙，叫烛龙，口渴了，飞来咱这儿，一口气儿喝光了咱的水，跑了。最后，咱这儿就没有了海，光剩贝壳儿和玻璃碴儿了。"

"还有羊皮儿！"

"我知道有羊皮儿！甭打岔！"

"说到……说到玻璃碴儿了……咱老祖宗啊，眼见没有了水，那个着急呀，就去找咱这片儿的领导，叫女娲，就住咱牧场远远的那座疙瘩山后边儿，平常见不着——找她要个说法。"

"女娲也为难啊，烛龙把水都喝光了，总不能让它撒泡尿还给你吧？"

"是这，'水我是还不了了，给你一片草疙瘩吧！'女娲当时是这么说的。"

"然后女娲就把烛龙逮来，薅了它身上的毛，撒咱这儿了。"

"龙还有毛呢？"

"咋没有？羊都有，龙能没有？！"

"哦——是呢……"

"说了甭打岔！说到……说到龙毛撒咱这儿，变草疙瘩了……"

"咱老祖宗也不傻，是吧？当时就发现了问题，啥问题？咱们人，不吃草呀！你跟我弄这么多草，干啥咧？"

"立马，老祖宗就跟领导反映了这个问题。"

"你知女娲咋说？要说领导就是领导，灵光得很！当即让咱老祖宗把身上的羊皮儿扒拉下来。看吧，这不说到羊皮儿了嘛！"

"扒下来干啥？女娲是干啥的？造人的！你我都是她造出来的，你说，她拿羊皮儿干啥？当然是造羊了！"

"二话不说！造了一地的羊！哎呀，那多得脚都放不下！就咱这儿牧场的羊白白，我跟你说，有一只算一只，全都是她一手造出来的！"

"你说，那女娲厉害不？满地的草，咱吃不了，咋办？造羊嘛！羊吃草，咱吃羊，这问题，不就解决了？！"

"哦——是呢……"

"所以说，咱们没有领导的智慧不要紧，咱只要把羊养好了，就不愁吃，知道不？碎娃子！"

"可是，可是爷爷，那咱这儿没有水，草长不好，羊又咋养呢？"

"唉……就说嘛，这事儿吧，当初，咱老祖宗和领导都给忘了！"

"啊！那咋办呀？！"

"能咋办？祖宗和领导都管不了的事，咱只能对付着呗！"

"那，那咱不能再找领导说说吗？让她给咱弄点儿水？"

"水都给龙喝光了，领导上哪儿弄去？尿你要不嘛！"

"嘻嘻，不要！"

"就说嘛，你个碎娃……"

"爷爷，那咱就不能找个水多的地儿养羊吗？"

"啧，都跟你说了，女娲把草疙瘩都撒咱这儿了，那离了草，羊吃啥？光有水顶啥用呢？你这脑壳子，尽装羊粪去了！"

"哦——也是呢，嘻嘻……"

沙丘上，并排蹲着一老一小俩光头，老光头叼着旱烟嘴，小光头抠着臭脚丫，有一腔没一腔地扯着嘴皮子。

沙丘下，牧场一马平川。

说不上多贫瘠，也够不上多肥沃。牧场上，稀稀拉拉长着些草毛子，黄黄绿绿，巴掌大，脚脖高，不够骆驼一口吃。草垛子下，不经意藏着些小家伙——蜥蜴、沙虫等等。偶尔也有蛇，比泥鳅长不了两寸，滚在干燥的地上，磨得沙砾子"嚓嚓"作响。

远远地眺去，眼神好的能依稀看见一条细细的白线，毛茸茸的，带着点儿肥，一伸一缩地挪移在牧场上，如果还能算是牧场的话。当然，本地人管这里叫最好的牧场，还刻意拉了上百公里的围栏，将这稀稀拉拉的草毛子围了起来。

再远，便是盐碱地、戈壁滩，直至无穷无尽的沙漠海洋了。每天，太阳从黄澄澄的沙漠尽头升起，从灰扑扑的疙瘩山背后落下。跟着，镶金月牙领着漫天星河接替太阳的活儿，把牧场照得跟烛光舞厅似的，斑驳幽明。

整个世界，像一幅画，上边七成是天，下边三成是地，中间那可有可无的一溜儿，便是这片近百万亩的大牧场了。牧场虽地处偏僻，但也有一个响彻大漠的名字——沙旗红格尔日坦图布隆德勒乌乌玉林大牧场。不过，为了方便，本地人都管它叫"大牧场"。

相传这里曾是片汪洋，沙丘壁里随处可见的贝壳化石便是证明。后来，大陆发生了些讲不清的变迁，就把这陇子给拱了起来。海底变成高地，水漫出来了，留下一摊肥沃的海泥。

一群来自沙漠远方的人类先祖经过，被这片开满鲜花的桃源胜景所陶醉，决定留下来，从此放弃了艰辛流离的游牧生活。

天地气交，万物华实，这片大陆迎来了她最美的光景。平川上，屋舍俨然，牛羊成群；嬉笑欢歌，鸡犬相应；书无饥馑可传，人无是非可言。仿佛整个天地间的幸福，都被馈赠给了这里。

就这样，平川上的繁荣一直持续了千年，像姑娘长成了大婶，人们从暗自窃喜变作了习惯性依赖，似乎一切的美好，都是理所当然的存在。直至有一年，有一天，有一个傍晚，有一位坐在树下的老人，发现这片大陆已经许久许久，许久许久，没有下过一滴雨了……

原来，鲜花与桃源只是汪洋退却后，酷旱来临前的假象。永恒的烈日将苟且的死水烤成残云，任荒野上无尽的罡风裹挟着，亡命天涯。地下水不服，钻出来继续对抗干涸，烈日继续烤，罡风继续刮，地下水服了，躲去了大地深处。

没有了水，雨水不再下，牧草不再生，沃土成为荒漠，富饶转瞬即逝，食不果腹的先祖们终于开始陆续逃离。一个世纪，又一个世纪，接一个世纪，再一个世纪，直至公元纪年的第二十一个世纪，这片平川上最终只剩下了二十九户人家，和他们的五千七百只羊，断断续续、依依不舍地，挨到了今儿个。

"爷爷，你养羊多少年啦？"

"嚯嚯，少说得有四十年咧！"

"那你到底养过多少羊呀？"

"噢，少说得有四千只咧！"

"一只四百，十只四千，四千只……唔……那是多少钱哩……"

"咋了？咱碎娃要用钱呢？"

"嗯，我想把咱大牧场买下来！"

"呵！屁大一娃，心还大得不成！"

"爷爷，你有钱吗——"

"没有！且说咧，你买它干啥？钱没地儿用吗？"

"那不，都说咱这儿是最好的牧场！爷爷你不也这么说吗？咱就把它买下来嘛……"

"呵呵，碎娃懂个啥！咱这儿没水没电，连个路都不通，也就咱自个儿拿它当宝贝疙瘩咧！"

"没有水，可以打井嘛；没有电，不是有发电机嘛；没有路，不是可以修嘛……"

"呵！看把你还灵醒的！你知道打井要多少钱？发电要多少钱？修路要多少钱？就为这么一群羊白白吗？哎哟，换你当场长，裤衩子都要赔成光屁股喽！"

"……可，可，咱这儿是最好的牧场呀……最好，最好的牧场……就，就真的没人想要吗……"

月亮从太阳手中，接过最后一抹晚霞，披在身后，化作壮丽无比的银河，照亮祖孙一老一少的背脊，拉出长长的黑影，佯装成魁梧高大的魔鬼，张牙舞爪地走在平川上。

一天又过去了，羊儿还在散步，风儿还在轻歌，草儿已然歇息，虫儿却迎来了夜的盛宴。大牧场就像一口漆黑的平底锅，将这天与地之间发生的一切，都护在宽阔的怀抱中。

是啊，这么大的天，这么大的地，这天与地之间最好、最好的红格尔日坦图布隆德勒乌乌玉林大牧场，就真的，真的，没有人想要吗……

·第一章·
沙旗首富

那是老刘第一次到沙旗，由老宋牵线，从岚山而至，受沙旗首富的邀请，助其处置一宗不良资产。

老刘带着休假的心态，在一个阳光明媚的周末，来到这个辽阔而偏僻的小城。在每天仅有一班的通勤小翅膀上，他大致搜了搜沙旗的"三围"：面积大小约莫一个省，人口数量约莫一个县，经济规模约莫一个村。

老刘对沙旗本身并没有什么兴趣，他只关心事后能否按时足额收到咨询费。要不是老宋在电话里卖力吆喝，他是怎么也不会跑到这么个边远地区来，接这么一小单私活儿的。

果不其然，飞机刚离地，老刘就后悔了。在离开地面的多半时间里，小翅膀都在玩命颠簸。看着螺旋桨费劲地拖着一机十来号人在蓝天上颤抖，老刘感觉自己搭乘的不是人类现代科技的伟大产物，而是一只遭受了未来辐射后变异的大黄蜂。

更让他无法接受的是，这只大黄蜂竟然就这么明目张胆地，在暗无天日的沙尘暴中降落了。起初，他以为舷窗外只是风儿带着沙儿在嬉戏，直到走出机舱，在摇摇晃晃的舷梯上，被盆泼似的沙末子毫不留情地刷了层满级的暗金皮肤，老刘才意识到，为什么这里，叫沙旗。

也还好，跟随狼狈的人群，在雾灯的指引下，老刘逃进了教室大小的航站楼。甩甩头发，抖抖衣裤，一把鼻涕一口唾沫后，缓过劲儿来。卫生间里，看着那滴灌似的水龙头，直觉告诉他，不能洗脸，因为很可能会洗出个迷彩妆来。

拾起体面，在航站楼尽头，老刘一眼瞧见了脑瓜锃亮的老宋，配合着那一脸二百平方米的谄笑，他突然明白，老宋为何哭着求着也要哄自己来了——兄弟有难，定要同享。

"老大！"没等老刘出站，老宋便冲刺过来献上个大熊抱，差点儿没被他当场扑倒。

"你可来了，都想死你了！"老宋的语气像极了小三，一个一米八五、二百来斤的小三，让老刘窒息得恨不得立马扭头回到外边的沙尘暴里去。

"走，带你去见咱赫兰大姐！"老宋一松手，老刘终于缓过气儿来，跟着，双脚也落了地。

是的，赫兰大姐就是沙旗首富，女的，全名赫兰梅卉，一个被沙旗人口口相传的人物。

有人说，她从小就是孤儿，但天资聪慧，精打细算，半生拼搏，更遇高人指点，终于一飞冲天，摘得首富桂冠。

也有人说，她年轻貌美，工于心计，嫁入豪门后苦心经营，驱走婆家，反客为主，霸得家业。

还有人说，她心狠手辣，背靠黑恶，上通权贵，下欺良民，光发家期间在沙旗留下的无头卷宗，都列满了一个柜架……

"她给钱的吧？"老刘打断了老宋的八卦。

"老大，瞧你说的，哥们儿啥人，跟大姐铁着呢！"老宋虽意犹未尽，但被老刘这么一噎，便没好意思再编下去。

俩人从机场上车，经三个红绿灯，大约在半小时后，于沙旗城中最繁华的街口，见到了赫兰。此时沙尘暴已息，血红的夕阳下，站着位五六十岁的老大姐，一身富态，满脸慈祥。菩萨面孔上，嵌着对神采炯烁的桃花眼。言谈客气，举止得体，只偶尔于话语间，隐隐透着点儿霸气。

老刘跟在赫兰身侧，绕着街口一栋约莫三万平方米的商场走了一圈。商场没开业，甚至还未装修，与周边灯火通明的繁华形成了鲜明的落差。

赫兰语速很慢，很平静，却含着一股子不甘。她说，这是沙旗当地委托她做的重点项目，要做成沙旗最好的商场，但现在，竟成了小城心尖上的一颗毒瘤，她很没面子。

老刘默默地听着，没怎么说话，踩完外围，又进到暗淡的商场里溜达。赫兰全程陪同，直到后来几步一歇还带着小喘，都丝毫没有倦怠，精力充沛。老刘见状，便默默结束了现场调研，并给首富亲力亲为的劲头，暗中点了一个赞。

按约定俗成的规矩，完活儿收工后，轮到主人宴客。沙旗人的好客，老刘早有耳闻，但没想到的是，赫兰不仅亲自接待，甚至还叫来沙旗另外两位大佬作陪。不过，他明白，宴请自己恐怕只是个由头，三位大佬有事相商才是正经，故几番推辞后，还是将主座让回给了赫兰。

不出所料，上桌后，除寒暄一二外，众人便再没有提过那栋商场的事。三位大佬虽对老刘二人客气有加，但更多时候，都在自顾自地说着什么羊绒衫的事。

严格来说，也就赫兰跟牛卫东两人在嘀咕，剩下那位叫孟青的美女姐姐，全程高冷得一塌糊涂，别说老刘了，便是连牛卫东，她都懒得搭理，也就赫兰跟她说话时应两声。

据上厕所时老宋跟他讲，那个动不动就哈哈大笑的"绝顶"小老头牛卫东，是个实业家，地产、工程、林业、绿化什么都干，牌面儿上虽不如赫兰，但底子厚，城府深，没人清楚他到底有几分实力。不过，除了会挣钱外，倒也没听说他有别的超能力。

至于高挑美女孟青，她老公是沙旗当仁不让的黑道一哥，因时常在外面招惹女人，两人感情凋枯已久。说是有回两人干仗，差点儿被她老公打死，还是赫兰出面，男人才没敢继续放肆。不过经此一役，两人婚姻也名存实亡了。至于为啥两人不了断个干净，却又不为外人道了。

"所以大姐的主业其实是羊绒衫？"老刘确实还没弄明白赫兰的首富桂冠从何而来。

"发家时是的吧……"老宋用刚掌过枪的手挠挠脑瓜，"现在真不知道，好像也在搞酒店？油站？还是传媒啥的……"

"传媒……"老刘摇摇头，在这个地方，就这几样买卖，如何撑得起"首富"二字？

"真不知道。"老宋又用同一只手将烟屁股塞进了嘴里，"要不找个机会直接问问大姐呗，就咱这关系……"

这次，还没等老宋开始吹，老刘已转身而去。

当老刘回到包厢时，赫兰和牛卫东都笑眯眯地看着他，让他有点儿不明所以。

"来，刘总，看看我特意为你准备的！"赫兰起身指向饭桌中央。

老刘这才发现，就在他和老宋放水这会儿，桌上竟多出盆豪气干云的大菜，因盆口热腾腾地喷着气，还看不太清里边盛的是啥，只隐约瞅着像是肉骨头一类。

"这是我们沙旗三宝之一——白绒山羊！"赫兰指着雾山似的大铁盆子，洪亮地介绍道，听这架势，吃了这菜能永生。

"哦哟，这可了不得咧！"牛卫东一脸不忿，"刘总，我都有点儿嫉妒你了呢，跟大姐这么些年，她都从来没有请我吃过整只的沙旗羊哎！"

"大姐太客气了!"老刘抱了抱拳,挂出一副受宠若惊的表情,并将目光投向了佳肴。

此时,热气已渐渐散去,化作一种醇香,一种充满了原始气息的、沉重而丰满的、如实质般流淌在席间的、纯粹的醇香。老刘甚至有种错觉,任这香气肆意飘散,都是一种亵渎和犯罪。

不仅如此,在这醇厚的浓香中,还暗含着一股清新悠长的、韧劲十足的、雨后青草的芬芳,如牵香丝线般,领着主味,势不可当,沁人心脾,肆无忌惮地撩拨着动物最原始的欲望,侵蚀着人类五十万年修来的文明意志,引得众人毫无底线地游走在抢食与克制的界限上。

"来,别光看,我再敬各位一杯,咱边吃边说!"赫兰对大家的反应很是满意,端起一壶大白,笑呵呵地看向众人。

"敬我们尊贵的客人!"牛卫东笑哈哈地跟了。

"敬大姐!"孟青面无表情地跟了。

"敬在座三位前辈!"老刘微微一笑也跟了。

"你们这……哇!"刚抽完烟大咧咧闯进屋的老宋盯着大盆不干了,"你们这把能敬的都敬完了,要不这,我敬它得了呗?"老宋端起酒壶,指向了热腾腾的羊肉。

"哈哈哈哈……"哄笑间,众人一饮而尽。

酒入愁肠,肉上的云雾也散去,盆内的风景展露真容:那是一盆肉,带骨头的肉,一整盆肉,整整一盆带骨头的肉。盆中,肉骨头堆成一座小山,整整齐齐,像金字塔般有形有势、有规有矩,特别是在精心堆砌的山巅,还盖着顶一寸见方的"皑皑雪帽",形若豆腐,色若祥云,嫩比炼乳,给人的感觉就像整座肉山都因它而建一般。

赫兰从"雪顶"中小心叉出一溜滑润的羊脂,递到老刘眼前:"来,刘总,手给我!"

"嗯？"老刘闻言站起身来，摊开了布满岁月痕迹的手掌。

"这叫羊被子，是我们这儿给客人的最高礼遇！"说着，赫兰将羊脂小心放入了老刘的掌心，两寸长，半寸宽，白得近似牛奶，柔得快要融化，薄薄地平摊在那儿，当真有点被子的意思。

"就这么吃？"老刘虽没有见过羊跑，但还是见过世面，知道这看起来很是油腻的羊被子绝不简单。

此刻，他心中竟突然升起一股不忍下口的难舍。

"不是吃，是吸！"见老刘如此慎重，赫兰脸上也露出了知己般的笑容。

"吸？"老刘一愣。

"刘总不介意的话，我先跟你示范一下？"赫兰看了老宋一眼，老宋会意，来到赫兰身边，如出一辙地，将另一条羊脂，送入她掌中。

"刘总，看好了。"赫兰微微一笑，掌心一抬，腕脉向内，与下唇紧贴在一起，头一仰，同时嘴猛地一吸，"啾"的一声，羊脂应声飞入口中。

看赫兰"囫囵吞枣"似的将未经舌齿的羊脂咽下喉咙，老刘吞了口唾沫，香不香他不知道，嗓子有点儿堵是真的。

"你来？"赫兰一边擦手，一边笑看向老刘，眼中多少有点儿善意的挑衅。

"来就来！"老刘手一伸，效仿赫兰，将羊脂送至唇前，沉了口气，两眼微微一虚，头一仰，嘴猛地一吸，"啾"的一声，羊脂丝滑而入。

说起来也怪，原本看着甚是油腻的羊脂竟如此轻盈，甚至没劳烦老刘费力，便轻飘飘地飞入喉咙，顺着食道滑了下去，刚过嗓子眼，便被喉咙一挤，爆成了浆，而香味也随之漫溢开来。

"我的天……真香啊……"老刘忍不住狠抽了抽鼻子，那种原始的羊香带着悠长的余味塞满了整个口鼻喉腔，老刘甚至怀疑这东西能像酒精一样直接上头，融掉他那与众不同的脑花子。

"咋样？还可以？"赫兰看老刘享受的表情，便知他一发入魂了。

"绝！"老刘久久舍不得开口，怕香味走散了，但终究还是憋出一个字来。

"哈哈哈哈！"赫兰大笑中端起酒杯，"敬刘总，感谢来沙旗给我们指导工作。"

"不敢不敢！"老刘躬身，"大家一起吧，敬三位老板，感谢大姐，感谢沙旗人的热情，让我得见了来自草原的至宝！"

"好！"

"干了！"

"干了！"

"……"

吃着喝着，大家的话也多了起来，就连沉默寡言的孟青，也偶尔抛出两段金句。

大家从羊肉说到山羊，从山羊说到羊绒，从羊绒说到羊绒衫。最终，从羊绒衫说到了赫兰的光辉岁月。

果真，正如老宋所说，赫兰曾做羊绒衫起家，从草原上买来原绒，经梳洗加工后，纺成绒线，最终织成羊绒衫出售。鼎盛时，曾是全国有名的行业龙头，虽说没能温暖了全世界，但摘个沙旗首富的桂冠，绰绰有余。

不过，随着话题深入，老刘的关注点渐渐从赫兰开始转移，敏锐的嗅觉告诉他，似乎，仅仅是似乎，在这些觥筹交错的闲谈乱语中，有一样什么东西，如海滩上藏着的一粒金沙，在夕阳下，不经意折射出一束微弱却无法掩饰的光，向他发出了命运的召唤。

他自打工作以来，便从未想过要砌一辈子砖，无时无刻不谋划着自立山头。就现下这家公司，他便正拽着小谭、老宋、小唐三人，开着两炉小灶，宵衣旰食，狂奔在创业大道上。

创业难，创业难，一袭布衣，两袖清风，就凭四人那点拮据的家底和质朴的出身，打着灯笼都找不到一个可以拿得出手的光环，想要在滔滔海潮中浊浪排空，闯出一番事业，何其艰难。

但就在此时此刻，老刘忽然意识到，有个不算完美，但相当不错的机缘，就放在自己面前。封闭的市场，垄断的地位，革新的契机，想象的空间，以资本思维入局，霸占核心资源，重塑行业渠道，突破利润束缚，再披上科技和品牌的外套，就算因行业规模限制做不到行业翘楚，但敲钟上市、富甲一方，总是指日可待的吧？

现在唯一差的，就是一个靠山。一个能举旗，能出钱，能镇场，能让自己借着肩脊子起步的，名叫"沙旗首富"的靠山。

"现在不行啦……"赫兰摇着头，似有些失落，"羊绒衫，没人买了……"

"说那些干啥，来来，咱喝着，说点儿开心的！"牛卫东笑着岔开话题，"刘总，你们都是高端人才，咱沙旗请都请不来的，你给说说，就咱这几把老骨头，还能干点儿啥？"

牛卫东或许只是随口问问，但老刘的神态，却让在座几位颇感意外，那是种山雨欲来的飒然，风云变幻的玄奥，深邃的瞳孔下，还压抑着一丝不易察觉的兴奋。此刻的他，像个即将登上祭台的巫师，无论奏效与否，临兵斗者皆阵列前行，法事，终究是要祭出来了。

"大姐，我多问一句，羊绒，有得做吗？"老刘看着羊肉大盆，平静地吟出了他来沙旗的第一咒。

"羊绒的话……"赫兰叹口气，不知从何说起，默默组织了好一会儿语言才徐徐说道："羊绒，是个好东西，舒适、可以御寒，是我们人类能获取到的、特性最好的纺织原料。产量稀少，需求稳定，上百年来，市场一直都存在。"

"行业里，也有一家专门做它的，规模可观，但赚钱很难。一来，羊绒分布广，产量低，收绒全靠中间贩子，所以渠道杂，市场乱，收绒质量难以控制。"

"二来，羊绒总体是个买方市场，价格下家说了算，差价部分还要分给梳洗和染纺厂家，所以利润空间被压得很薄。"

"三来，从贩子那儿收绒都是现结款，但品牌服装商买绒的钱得等卖完衣服第二年才结，所以压款现象严重。"

"除此之外，绒的质量小体积大，每到收绒季，运输、仓储什么的，都是问题，加工厂离绒产地稍微远点，就挣不到钱了。"

"说到底，这是个大进大出、压货压钱、精打细算、靠走量赚点儿差价的买卖，没羊绒表面看起来那么光鲜。"

"怎么，刘总对这个，有什么想法？"说完，赫兰抿口茶，饶有兴趣地看向老刘。

"听您先前说，品质最好的羊绒，就在沙旗？"老刘稳住情绪，缓缓问道。

"是，沙旗白羊绒，产量不高，但品质没的说，公认的全球顶级。"赫兰指了指盆里的羊，语气笃定而骄傲。

终于，在众人的注目下，老刘不紧不慢地吞口茶，敞开了话匣："大姐，在我家乡，有一种生计，叫淘金。"

"人们守在江边，日复一日，年复一年，用最原始的方法，靠一个簸箕，把江水从上游冲刷下来的金沙，一粒一粒，一粒一粒地，从不计其数的河沙中淘出来。"

"淘金的过程很是辛苦，常年泡在水里，夏顶酷暑，冬冒严寒，但千百年来，人们依然乐此不疲，原因无他——金沙再小，也是黄金。美人首饰侯王印，尽是沙中浪底来！"

"就在刚才，我听您饱含感情地说起您的事业，感动至深。如果说，羊绒衫是服装界的金戒指，那羊绒就是莽莽草原上的烁烁金沙。戒指再不好做，但黄金一样值钱！"

"在我看来，沙旗之于羊绒，就如朗朗万里江河中，最好的淘金口岸！"

"大姐，天时和地利，没有谁比您更适合做这笔生意。"

"江河再急，它带不走你要留的沙砾！"

"淘金客再多，他挤不进你把守的河堤！"

"买家再横，他压不碎你黄金的珍贵！"

老刘的拳头，一拳一拳，结结实实地擂在桌上，雄浑的嗓音如有形般在屋里震若雷霆。

"大姐，恕我狂妄，如果羊绒有得做，如果您愿意，就带着我们。我们帮您谋划，给您干活，一定给您把羊绒，干出黄金的价值！"

说完，老刘默默收起神色，凝视着盆中的羊肉，再无多言。

桌上沉寂了良久，最终还是牛卫东一脸嬉笑地打破了平静："嘿嘿嘿，有点儿意思……"

原本一直自顾自低头把玩着祖母绿的孟青，也停住了手上的动作，若有所思地向老刘投去一瞥。

只有老宋喝得一脸通红，大大咧咧地靠在椅背上，昏昏欲睡。

赫兰看着老刘，她不知道这个第一次来到沙旗，第一次吃上沙旗羊肉，第一次说起羊绒的年轻人，哪儿来的自信，在她面前侃侃而谈，在她曾辉煌过的领域信心满满。

这个年轻人，话不多，心不小，思路清奇，言行缜密，情绪不多，城府不少，说话每句都留白，喝酒每杯都到底，像极了沙旗草原上的狼，一匹野心勃勃的狼。

不错，老刘的话打动了她，在她熟悉的战场，以淘金作比，勾起了自己原已湮灭的雄心，讲出了自己不得不做的理由，更要命的，好死不死，羊绒，除了别称"钻石纤维"外，恰巧被誉为纤维界的"软黄金"！

最关键的是，她在老刘眼中，看到了一团熊熊烈焰，炽热而凶猛，说不准，这团烈焰，还真能点燃整片草原，助她炼化这片天地间最珍贵的软黄金。

能坐上首富的位置，赫兰显然有其过人之处，只见她不动声色，给自己满上一壶后，开了金口："刘总是有大能耐的人，我对沙旗，对沙旗白绒山羊，是有感情的。别说有得做，只要是有益于沙旗，有益于我们沙旗草原上的这群羊白白，就是没得做，我也做得！"

"刘总，别的我不多说了，下来你们给我个计划，你们想怎么干，需要我怎么干，我们怎么个合作关系，简单几句，说清楚。这事儿，我赫兰梅卉就干了！"首富桌子一敲，举起了酒壶。

"嘿，有这好事儿，你俩可不能吃独食！要这事儿能做，大姐，算我一个呗！"牛卫东忙不迭满上壶酒，也跟着举了起来。

"嗯，我都听大姐的。"孟青抽出手，随意端起剩下的半壶酒。

"啊？喝酒啦？来，喝！喝！"老宋从梦中猛然惊醒，一脸懵懂，见这阵仗，赶紧也从令如流。

"哈哈哈哈……"

"来，干杯！"

"干了它！"

"嗯！"

"干！"

"…………"

·第二章·
星河为梦

　　回到岚山，老刘立即叫上小谭和小唐，就沙旗羊绒能不能做、能怎么做，展开了激烈讨论。

　　小唐是第一个反对的，原因很现实：妻子临产，不宜远游；脱产创业，风险太大。

　　小谭是第二个反对的，态度很明确：传统行业，缺乏想象；陌生领域，一片红海。

　　老刘对此早有准备，给出了沙旗羊绒值得做的五大理由：

　　一、资源稀缺，无法替代——有金融属性；

　　二、产量不高，需求恒定——有垄断价值；

　　三、市场粗放，渠道散乱——有变革机会；

　　四、品牌缺失，科技盲点——有赋能空间。

　　剩下最重要的一点：近水楼台，能占得先机；背靠大山，可借船出海！

　　"但传统市场的厮杀太残酷，我们不是那块儿料。"

　　"且这类行业没有资本关注，几乎断绝上市可能。"

　　"现下手上的项目刚见起色，半途而废太不值得。"

　　"赫兰等人未必能持续支持，随时可能卸甲倒戈。"

　　"……"

老刘默默听小谭和小唐一通说完后，手指轻轻敲敲桌面，平心静气地说道："不讨论了，我最后说三句，说完散会。"

"一，这事，我一定要做，当下即刻就做。"

"二，不勉强大家，或走或留，来去自由。"

"三，现在手上的两家公司，立马转让，但绝不分账，不愿做的，旧股新投，羊绒，算你一份。"

"好吧，就这样，你们回去好好想想，三天内给我答复，我们再说下步计划。"

"就这，散会。"说完，老刘起身离去，空余小谭和小唐二人面面相觑。

小谭有些愁，他不明白，老刘去沙旗究竟发生了什么，竟让他放着好好的互联网金融和资管计划不干，却突然要到个鸟不拉屎，哦不，是连鸟都飞不到的地方薅羊绒。

但老刘的理由又确实让他动心，毕竟现在手上的项目虽看起来光鲜，但大浪淘沙，干成干不成，犹未可知。羊绒这头，好歹有个沙旗首富撑腰，金枝凤凰，未尝不值得一搏。

他看向小唐，小唐憨笑着，没有说话，他一向话少，不爱发表自己的主张。准确地说，小唐很少有主张，他一直都默默跟随在老刘身后，今天居然第一个跳出来明确反对，也令小谭颇感意外。

"弟妹什么时候生？"小谭开了口。

"儿童节。"小唐笑得很甜，但小谭总觉得有股苦味。

"你真不去了？"小谭深深吸了口气。

"嗯。"小唐点点头，依然憨笑着。

"那钱的事，要不，我们再跟老大商量商量……"小谭确实替小唐感到有些不值。

"算啦。"小唐摆摆手，站了起来，傻笑中多少含点儿自嘲的味道："老大这个人，把钱当命赚的呢。"

说完，小唐向小谭挥挥手，出去了，脸上始终挂着笑容。

小谭独自空坐着，小唐的话犹在空旷的会议室里回荡。他在开口前，其实已经做出了自己的决定，理由也很简单，就是小唐说的：老刘这个人，把钱当命赚——他小谭，也要跟着老刘赚钱。

跟着老刘能赚钱，这是他们这个小团伙心照不宣的共识，也是一直以来的凝聚力所在，虽然直到今天，大家都没见过一分钱在哪儿，但他们坚信，这个世界如果连老刘这种人都赚不到钱，那一定是钱没有什么用了。

事实上，老刘虽然霸道了些，但确实还算公允，偶尔有些不近人情，但每笔账，都算得明明白白。不过，霸道也是真的，小谭不愿去回想这两年来他们每一次被"霸凌"的瞬间，他将这默认为赚钱路上，必要的自轻与隐忍。

或许，还有牺牲，就像小唐……

小谭从口袋里掏出烟盒，揭开盖儿，甩出烟屁股，叼进嘴里，心安理得地点着后，瘫倒在椅背上，玩命似的长吸了一口。

这是他第一次在公司会议室里这么做，他是个守规矩的人，从来不违反公司禁令，但现在，他已经不在乎了。

三天之期转眼过去，创业小群经历了前所未有的沉寂。

小唐，是真的走了。他没找老刘说什么，只是将两份股东授权委托书，交给了小谭。

小谭想告诉小唐，这三天，老刘甚至已经快谈妥公司转让的事了，他这两份股权，大约能值一百三十万。但他想了又想，终究还是没有说出来。

所幸小唐也没有问，他甚至都不关心自己在新公司，能占多少股份，一副任人宰割的模样。

"行吧，那我走了。"小谭小心翼翼将委托书放入包中，拉上拉链，拍了拍。

"嗯……你们什么时候走？"小唐将小谭的动作看在眼里。

"儿童节。"小谭苦笑了一下，"可能赶不上迎接小小唐了。"

"呵呵，没事。"小唐摇摇头，笑了，"那就提前祝你们一路顺利，发大财！"

"等我们下次回来再看小小唐。"小谭拍拍小唐胳膊，上了出租车。

"高新世家。"小谭摇下车窗，跟小唐挥了挥手，"走啦！"

"走吧，拜拜！"小唐挥着手，脸上挂着微笑。

"嗯。"小谭摇上车窗。直到走远，才又跟司机说道："师傅，去柳岸名邸吧。"

高新世家是他自己家，而柳岸名邸则是老刘家。

小谭长舒一口气，打开背包，抽出委托书，仔细看了起来……

老刘躺坐在屋顶花园，沐浴着五月的暖阳，一页一页地翻看着小谭这三天以来的"研究成果"——沙旗羊绒战略规划。

小谭不愧是强才，沿着老刘的构想，仅用三天时间，靠着海量的学习和奔放的思维，便将羊绒这个传统产业的突破机会和未来格局的创新路径，如画卷般，描绘了出来……

若要垄断，必先控绒；若要控绒，必先控羊。只要控制了沙旗草原上的每一只白绒山羊，就等于控制了沙旗羊绒的产量、渠道和品质，从而达成计划的第一步——精准垄断。

一旦垄断沙旗羊绒，便开始收紧销路，最好的绒只卖最好的品牌，如若不从，便反将一军：不用沙旗绒，怎敢称高端？以此绑架品牌商就范，迫使其采购部分沙旗羊绒，从而达成计划的第二步——扭转供需。

此刻，沙旗羊绒已成强买强卖之势，化势为钱，还需要一股东风：引入前沿科技理念，打响品牌故事文化，抢占生态道德高地，从而达成计划的第三步——赋能溢价。

做到这一步，沙旗羊绒已能稳居羊绒行业的金字塔尖，垄断的资源，高端的市场，丰厚的利润，再加上科技元素和品牌价值，引入资本，敲钟上市，绝非难事。

至于上市募来的资金，更有选择无数，既可垂直投向中端羊绒渠道或羊绒加工环节，亦可平行投向羊肉、羊奶大市场，还可跨界投向羊绒、羊肉交易平台。天大地大，有钱有人，还有什么是不可以做的呢？

这小子……老刘看到此处，不禁笑出声来，小谭这家伙，性子急了些，实干乏点儿力，但乐学勤思、满腹经纶，坐而论道还当真是个人才。

"老大。"说曹操，曹操到，保姆领着小谭，打断了老刘的思绪。

"来，谭。"老刘招招手，指了指身旁另一把躺椅。

"老大，小唐签了。"小谭正欲将授权书拿出，却被老刘制止了。

"你先说说，如何实现第一步。"老刘挥了挥手上的PPT。

"咳咳——"小谭眼睛一亮，将包往旁边一扔，在躺椅上坐了下来，但没好意思往下躺，便就这么别扭地坐在椅沿上，悬着半个屁股。

"老大，你看啊，我是这么想的。"小谭扶了扶眼镜，"要控绒，先控羊。按沙旗年产五十吨绒的规模和每只山羊年产一斤的绒产量，整个沙旗大约有十万只白绒山羊。"

"这个数量的羊，即便按每只四百元的价格收购，也要四千万，这还不算草原使用、养殖人工、防疫治病、夏补饮水、冬补饲料的费用。"

"配种、产羔、分群、淘汰，都有大笔的额外支出，熬到抓绒季，抓绒收绒的成本还得另算，再加上山羊的原始放牧方式，想要将这十万只羊买下来统一管理，成本极高不说，也不现实。"

"我有个想法，呵呵，老大，你看行得通不。"小谭的两眼开始放光，"要以羊控绒，我们可以先以种控羊！"

"以种控羊……"老刘默念着。

"对！以种控羊！"小谭舔了舔嘴唇，"我查过，一只优质种公羊，在自然状态下，大约可在两周内，为三十只母羊配种。如果人工干预，则可超过一百只！"

"我们以一比三十为例，只要能控制住配种渠道，让草原上所有的母羊都来找我们配种，那我们实际只需要管理好两千只最优质的种公羊，就等于间接控制住了草原上的六万只母羊！"

"六万只？"老刘看看小谭。

"嗯！"小谭肯定地点点头，"母羊产羔，留得久些，数量也就多些。"

"剩下四万只呢？"老刘追问道。

"公羊和羯羊……嗯，主要是羯羊，也就是阉掉了的公羊，可与母羊共牧。"小谭目光狡黠，"所以草原上的公羊，其实并不多。"

"嗯……便是如你所说，那如何控制配种渠道？又如何通过控种实现控绒？"老刘听出些味儿来了。

"这事儿，沙旗当地，已经帮我们完成一半了！"小谭一脸诡笑，"他们出了个'强根优种'政策，将所有优质种公羊都集中在了一个最好的牧场，优饲优养，每到配种季，都要求草原上的牧民来此租羊配种，优生优育！"

"最好的牧场？"老刘终于明白小谭的小算盘了。

"嗯！"小谭一脸坏笑掏出手机，"马上，那个，名字有点儿长……"

"叫个……红格尔……日……坦图……布隆德勒……乌乌玉林……大牧场！"小谭咽口唾沫，抽了抽嘴角。

"……"老刘没话说。

"靠赫兰梅卉的影响力，拿下这个牧场，实现控种。"小谭说回正题，语速加快，"然后借强制配种，与所有牧民建立关系，打通收绒渠道，提前锁定每年草原上的五十吨沙旗白羊绒！"

"以种控羊，以羊控绒，以绒控市，以市控价，则大业可成！"小谭高举食指，向天而宣，头顶耸立的发束晃晃悠悠。

"完美。"老刘点点头，脸上终于露出了欣慰的笑容。

小谭将老刘的表情看进眼里，内心无比满足。一开始，他对羊绒之事是抗拒的，但屈从于老刘的"淫威"，带着"逼良为娼"的屈辱感，上了这艘贼船。

然而，当他带着不得不做的"觉悟"，真正投入这个领域，打开尘封千年的大漠之门后，方才发现这竟如一座从未被人开启的宝藏，黄沙绿原下，金银满地。

现在，他在老刘前面侃侃而谈，环环相扣、字字珠玑，犹如以一己之力，锻出了宝库密钥。他自觉，从此刻起，自己不再是被"逼良为娼"的水手，而是"劝妓从良"的大副！

这艘船，也同样，听他号令！

"刚才，你说那个牧场，叫啥来着？"老刘怎知小谭内心遐想，随口便问道。

"哦，马上……"小谭一滞，不得不收回思绪，划开手机，酝酿了会儿，方才流利地念道："红格尔日坦图布隆德勒乌乌玉林大牧场！"

　　在做好了一切准备，但还未实际动手的那周，老刘给赫兰梅卉去了一个电话，说想约个时间，跟她当面陈述关于羊绒的实施计划，并讨论一下合作细节。

　　赫兰爽快答应了，虽然对老刘提出去趟大牧场的诉求感到不解，但此事对她而言，只是举手之劳。

　　很快，在那个周末，老刘带着小谭一起，再次搭乘大黄蜂，降临了沙旗。这次来迎接他的，是一个质朴憨皮的脏小伙儿，叫小姜。

　　小姜是沙旗改良站的专职司机，受站长老尕派遣，来接老刘二人下牧场。至于站长老尕，应是受了沙旗当地的嘱托，来安排赫兰等人的大牧场之行。

　　据小姜说，赫兰年龄大，经不起颠簸，已在老尕陪同下，带着老宋提前出发，绕一条远路，下牧场了。

　　"这里到牧场很远吗？"小谭好奇地问了一句。

　　"不远，四百来里吧。"小姜抠抠鼻子。

　　"哦，两三个小时……"小谭一副了然的神色。

　　"嗯……五个小时吧……快的话。"小姜龇了个牙。

　　"啊？"小谭蒙了。

　　"可以先睡一觉，一会儿想睡都睡不着了。"小姜侧过头，笑着劝道，一脸憨厚。

　　老刘二人对视一眼，莫不成这沙旗堵车比帝都还严重？不应该呀……

　　事实上，沙旗不堵车，一点儿也不堵，不但不堵，连车都不多。从机场干线经沙旗大道，在小姜猛踩的油门下，只用了二十分钟便穿城而出，开上了一马平川的沙棘国道。

沙棘国道，从沙旗到棘嘎，是一条通天的路，直若文曲之笔尺，长若红鸾之衣襟，在天与地之间，系起了一条飞巾。路两旁，是大漠万里，不知有多远，不知有多广，但凡目光所至，皆无拦阻。再往大漠外望去，便又是另外两片天了。一片是东天，一片是西天，而老刘等人，正向北天行。

"那是什么？！"老刘突然指着西天下一座巨大的建筑，惊叹地问。

不怪老刘少见多怪，任谁在这么一个荒凉的地方，突然看见一座孤零零的、雄奇无比的、超现代的建筑，都会感到震惊。

怎么描述呢，大抵就像个滚筒洗衣机里的滚筒。对，至少二十层高，同样宽，三倍深，在晴空下耀眼夺目的巨型不锈钢滚筒！

"嘿嘿，我就正等着你们问呢，每个外地人到这里都会问这个问题。"小姜得意地笑了，却没有卖关子，"那是个飞艇基地。"

"飞艇基地？"小谭掏出手机，却查了个寂寞。

"嗯，已经荒废了。"小姜说道，"前些年造出过两艘，飞走了，现在里面全空着，什么都没有。"

"那……"小谭还想问什么，却被小姜抢了话头。

"别问了，再问，我知道的也就这么多。"显然，小姜早已习以为常。

就这样，"滚筒"在老刘二人敬仰的目光下，与沙旗的城际线，一起消失在了南天。

说起来也快，不过两小时，国道便从银河落入沙盘，车随意停靠在一段前不着村、后不着店的路边，小姜走下车，点上烟，拉开裤裆，对着路边就放开了水。

"老总们，也放点儿水吧，接下来的路，不好走。"小姜对着车里喊道。

老刘和小谭闻言下车，看着前无古人、后无来者的路，以及光天化日下，尿得如此坦然的小姜，有些无语。

"尿点儿。"小姜抹抹鼻子，"一会儿不好下车。"

老刘二人也不是扭捏之辈，走到马路对面，拉开裤裆就要开闸。

"喂！"小姜一声吼，差点儿没把两人惊出排尿障碍，"顺风，顺风——"

说着，小姜直勾勾举起烟，青烟一缕，为二人指明了灌溉的方向。

三人顺着风泄完洪，回到车里，在小姜的执意要求下，系好了安全带。

弹飞烟头，车窗一摇，空调一开，钥匙一拧，挡把一挂，油门一轰，随着小伙儿一声高亢的"走咧——"，一车三人，腾空而起，跃下了公路……

没有一丝丝防备，老刘和小谭的脑盖便跟车顶来了个亲密接触。惊愕中，看着后视镜中小姜一脸的贼笑，两人方知这个臭小子，坏着呢。

车就这么直愣愣地离开国道，奔着荒漠深处去了，颠簸的车身，打滑的轮胎，搅得一路上尘土飞扬，在车屁股后带出一条上百米的黄龙，东扭西歪，好不欢畅。

荒漠中，没有方向，也没有路，更没有任何可以当作路标的人迹，地上只有隐约几道车轮印，偶尔也有蹄印，小姜便沿着这些印子一路开着。

老刘问他："这种路，怎么认？"

小姜说："跟着轮印子。"

老刘又问："万一下过雨怎么办？"

小姜说："不会，这里一年没有两场雨，寻常日子，连云都见不着。"

老刘再问："到牧场就没有路吗？"

小姜说："有，多绕两小时，赫兰他们就走的那条。不过，也得看人品，因为那条路，要穿沙漠，如果刮起风，路，便没了。"

老刘有点儿担心赫兰，于是多问了一句："刮风时多吗？"

小姜说："多，跟晴天一样多。"

老刘再没问什么，静静拽着拉手和安全带，随着车，在荒漠上荡啊荡的。开到后来，地上全是碎石，有大有小，有圆有尖，车行于此，大的不敢撞，尖的不敢碾，只能像只断了尾巴的壁虎，小心猥琐地在乱石间爬行着。

老刘以为，大漠没有尽头，其实不然。一个多小时后，三人来到了大漠尽头，那是一片连着一片的疙瘩山，个别山坡上甚至还缀着点荆棘一类的植株。

小姜没有太多犹豫，便将车沿着山谷，开进了河道——没有一滴水的远古河道。他说："快了，穿过这些河道，就到大牧场了。"

小谭打开手机，全程没有信号，手机在这里，也就能当个计算器使。

即便如此，两人还是将此行想得太简单了。小姜就像个渣男，总是不愿从一而终，每开上一会儿，便驱车从一条河道驶入另一条支道，再由支道驶入一条岔道，屡次三番，老刘二人已彻底迷失在了这错综复杂的流域中。

直到此刻，两人才终于明白，为什么两百公里的路，要开五个小时：前边一百六十公里用时两个钟头，后边剩这四十公里，用时三个钟头——跟灌啤酒一个路数。

终于，在历经三小时的折磨后，随着小姜一声"到了"，车被一脚刹停在一口水井旁。

"先别……"好话难劝该死鬼，小姜话没出口，苦车久矣的刘、谭二人便迫不及待蹦将出去，消失在了一阵烟尘中。

"呸呸呸！"过了好一会儿，沙尘才渐渐消散，两人吐着唾沫，生无可恋。

小姜这才不急不缓地下得车来，一边往井口走一边说道："咋样，咱大牧场的沙，好吃不？"

"狗日的……"老刘骂了句，怎生忘了车后还跟着一条黄龙，车是停了，可黄龙还在欢腾……

"来，喝点。"小姜就着井边桶里现成的水，舀了一勺，递给老刘，"这是咱大牧场最甜的一口井，羊白白都爱喝。"

老刘接过勺喝了口，确实很甜，看着丑陋的井口，这才回想起，自离开沙旗后，一路上当真是杳无人迹，这口井，应该算是这两百公里以来，见到的第一个人迹了吧。

"别喝多了。"正喝着，小姜突然冒出一句。

"嗯？"老刘撤开勺，诧异地看向小姜。

"矿物质多，水硬。"小姜解释说，完了还补上一句，"所以才甜呢。"

……老刘嘴里的水，顿时不甜了。

"牧场就在前边儿。"小姜等两人喝完后，也豪饮了一番，并把勺里剩下的水倒回了木桶。

"我带你们去坡上看看。"说完，当先一步，驾轻就熟地向坡顶走去。

土坡不高，约莫三层楼，几步就到。令老刘二人没想到的是，坡前坡后，完全是两个世界。

如果说，坡后来时是九九八十一难的取经路，那么，此刻坡前带给老刘的震撼，便恰似西天。

那是片一望无际的绿原，从坡脚一直平铺到大地尽头，地平线直得像规尺，整个儿连着半拉子蔚蓝的天。

天上，什么都没有。

地上，也什么都没有。

亦不尽然，似乎，天的尽头还是有那么一丁点薄薄的云朵，而地的尽头也有那么一溜白白的点点，一天一地，两者相映成趣，排着随性的队，缓缓地挪移着。

原是绿的，却没有草，没有风吹草低见牛羊的那种草，往近了看，也就稀稀拉拉散落着些草丛，巴掌大，脚脖高，两步一簇的样子，散落在大地上。

"还挺像老宋那残秃的脑袋。"小谭蹲在地上，大口抽着烟，用食指拨弄着身前的一簇草丛，打趣道。

听小姜介绍，这片儿地，叫荒漠草原，比较罕见，也弥足珍贵，草丛虽不高不密，但却能适应这种极为干旱的气候条件，而且在草籽中，含有相当饱满的水分和营养，非常适合牧羊。

"咋样？咱沙旗最好的牧场。"小姜骄傲地挥挥手。

"叫个啥？"老刘紧问道。

"红格尔日……"小姜想了想。

"红格尔日坦图……"小姜又想了想。

"算了……记不得了……"小姜弹飞了烟头，"就叫大牧场吧。"

老刘跟小谭相视一笑。

"爷爷，你看你看，来了辆大车子！"远处，一座沙丘上，并排蹲着一老一小俩光头，老光头叼着旱烟嘴，小光头抠着臭脚丫。

"看见咧，大惊小怪的！"老光头白了一眼，"又是哪儿来的领导呗……"

"领导？"小光头眼睛一亮，"能给咱通个电吗？"

"美得你！"老光头笑了。

"那，至少，给咱掘几口子井？"小光头渴望道。

"就是来吃咱羊白白的。"老光头敲了敲烟袋，似乎要敲醒小光头的白日梦。

"那，吃了咱羊，不总得给咱办点事儿吗……"小光头有点儿委屈。

"人花钱买的，吃了能咋？"老光头气得哼了一声。

"唔……"小光头噘起了嘴，犹自不甘，"那，咱能赶上吃肉吗……"

"这回朝场长没叫咱。"老光头挠挠头，"估摸着得是大领导咧！"

"哦……"小光头彻底泄气了。

当老刘一行抵达大牧场的场站时，一个看着六十多岁的壮老头正指挥着几个牧民准备今晚的宴席。剐羊的剐羊，打水的打水，洗碗的洗碗，搬酒的搬酒，每个人脸上都挂着笑。

后来老刘才知道，这个壮老头只有四十来岁，是大牧场的场长，姓朝，一个外表朴实的心机男。

而这个场站，是整个大牧场上唯一的砖混建筑，大约一百平方米，有一个厨房和主要用作餐厅的会议室，还有两个紧凑的标间，以及一个带花洒的厕所。当然，这里不通自来水，所以花洒和厕所纯属装饰。

另外，在场站旁还有一间严实的库房，砖木结构，带个大铁门，像发电机啊，备用汽油啊，还有一些有价值但不常用的生产工具，都锁在里面，到用时方才取出来。

整个场站都由场长管理，平时不让牧民用，也没人用，只有领导下来，或旗里有工作任务，才会开放。而场长，也同样是牧民，住在他自己的土屋，放牧着他自己的羊。

"羊呢？今儿能见着不？"小姜问朝场长。

"看不见呢。"朝场长遥指着天边，呵呵笑道，"草子不好，跑到那边去咧。"

"唉，你们没眼福了。"小姜惋惜了一句后，向朝场长介绍了老刘二人。

"看锅里的羊去了。"这小子耍心大，顾不上客人，但临走前还是扔下一句，"没事儿，朝场长会讲普通话。"

朝场长嘿嘿笑了声，得意地说起了他那令人难受的普通话。他讲得得意，老刘二人听得难受。也是后来老刘才知道，大牧场几十号人里，也就他的普通话最标准了，甚至大部分人，根本就不会说。

小谭的好奇心与生俱来，不断问着朝场长各种问题，朝场长也都耐心地一一解答，两人甚至还相互递上了烟。不过好景不长，就在朝场长告诉小谭现下的五月是大牧场最好的季节时，一个牧民举着根棍，挑着条蛇，从场站的卧室走了出来。

"蛇？"小谭嘴上的烟颤了颤。

"是的呢。"朝场长笑笑，"最好的季节，蛇都来站上交配咯！"

"……"二人抽了抽嘴角，默默看着那个牧民将蛇抛到一边后，又回到卧室，并一条一条先后挑出五条蛇来。

"没了。"牧民冲三人笑笑，将木棍靠墙放好，进厨房了。

"你们要不要先回房休息会儿，吃饭还早着呢。"朝场长问道。

"不了不了……"俩人异口同声，整个人都不好了。

"那成，我看看羊去，你俩忙。"朝场长说完，走了。

"老大……"小谭又续了根烟。

"嗯？"老刘若有所思。

"咱岚山的公司还没卖吧？"

"……"

　　赫兰、老宋和老尕是晚一些到的，牛卫东居然也笑嘻嘻地跟来了。

　　趁着没开席，一桌五人把正事谈了。原本老尕也落了座，但在正式讨论前，赫兰把他支走了。老刘颇以为然，因为这个五十来岁的站长虽无时无刻不挂着副谦卑的姿态，但老刘还是在他眼中看到了狡黠和欲望，甚至在他被赫兰支走时，顺从的笑容下还浮现出阴霾。

　　像蛇，老刘一下子便想到。

　　事情很快谈妥了，没用PPT，也没用激昂的演讲。老刘将之前小谭的构想，几乎原封不动讲了出来。赫兰二人大受震撼，当即拍板同意对沙旗羊绒下手，大干一场。

　　随后是商务谈判，双方稍微有些拉扯，但未伤感情。结果是赫兰、牛卫东和孟青三人共同投资五千万，成立一家专做羊绒买卖的实业公司。老刘、小谭和老宋三人则以五百万现金入股，占股百分之十七，此外，享有部分期权，并可从公司领取一定薪水养家，而赫兰三人则占股百分之八十三，任董事，不拿薪。

　　至于剩下那个职工董事的席位，稍后由赫兰一方提名便可。

　　"好！哈哈哈哈！"牛卫东一拍桌子，喜形于色，"我这啥也不用干，就跟着大姐和刘总挣钱好了！"

　　"这哪行？"赫兰不干了，"你得任个副董事长！"

　　"哪用我？"牛卫东脖子一缩，"有刘总呢嘛。"

"刘总是公司总裁！统揽大局！咱仁都是给刘总干活儿的！"赫兰看眼老刘，"刘总说需要我们干吗，找人也好，搞关系也好，站台也好，咱就上，具体的事，就让刘总他们年轻人去操心好了。"

"大姐客气了。"老刘微微笑道，"事，我们来干，但要做成，必须得仰仗三位大佬。"

"看吧看吧。"赫兰笑开了，"人家刘总，不对，现在是咱们刘总，天生就是干大事的人，羊绒这事儿，必须得成！"

"哈哈哈哈！"牛卫东摆摆手，"都听你们的，都听你们的！"

"刘总，事情是你说起的，这个战略呢，也是你们规划的，要不，你再给咱公司起个名儿吧。"赫兰大气地说道。

"嗯……"老刘点点头，暗自思忖了好一阵，才一锤定音，"就叫蛮绒吧！蛮荒的蛮，蛮横的蛮，蛮不讲理的蛮！"

"蛮绒实业？"

"蛮绒科技！"

"好！科技好！名字也好！就叫蛮绒科技！"赫兰带头鼓起了掌。

"蛮绒科技！所向无敌！"伴随着老宋的起哄，会议室里响起了热烈的掌声。

当晚，大家都喝了很多，除了外来的七人和朝场长外，还来了几个会说普通话的牧民代表作陪，就着一整只沙旗白绒山羊肉和两盘儿凉菜，在发电机点亮的灯光下，一直喝到半夜。

其间，也有"适逢路过"的牧民，顺便进来敬个酒，然后薅走一块儿羊肉，众人不以为意。

听朝场长说，其实，大部分的牧民都不宽裕，虽然养着两三百只羊白白，但舍不得吃，遇上实在老残活不成，又太柴不好卖的，杀上一只，能吃上好几个月，每一块骨头，都会用小刀，刮得干干净净。

老刘也注意到了桌上牧民代表吃下的骨头，怎么说呢，就那骨头，扔水里，油都不带漂上来一滴的。

羊贵，肉少，但味道极鲜，这是赫兰对此的诠释。

其间，老刘叫着小谭和老宋出来，他要最后给他们吃颗定心丸。

可当三人刚走出站房，避开灯光，准备冲着大地一泻千里时，却全都被震撼了——那是怎样的一片苍穹啊！

银河自大地的尽头而起，跨过整片穹庐，落入大地的另一边，壮丽得如同佛祖的一根手指，美丽得如同仙女的一条彩带，将整块大地，笼罩在霓虹之下。繁星多如羊毛，镶满深空，色彩纷呈，熠熠生辉，如绒絮般的星云，在银河中形成涡旋，此起彼伏。

如果这时候有人突然冒出来，告诉仨人，天不是圆的，地也不是方的，他仨能活活打死他——当咱仨傻？

在这里，天就是圆的，像个大锅盖；地就是方的，像口平底锅。两者严丝合缝地结合在了一起。

老刘被深深地震撼住了，黄金白银算什么？敲钟上市算什么？财富自由算什么？功成名就算什么？

在这里，他可以拥有触手可及的银河啊！那种看得见、摸得着，甚至感觉可以随时抱进怀里的整个宇宙啊！

没有多余一句话，三个人的手，搭在了一起——干！

后来，事实证明，那天晚上，仨货确实喝多了。

往后的日子，老刘不但每晚都能看见银河，甚至在不到一年间，看遍了整个北半球可以看到的三十六星宿，还欣赏了几十次日出日落、月圆月缺。但每晚，当他独坐屋顶，举着手机向银河要信号时，都在默默问苍天：

发电机什么时候能修好啊？

打井队什么时候能来啊？

走丢的羊白白在哪儿啊？

明儿个不刮风成不成啊？

什么时候来场雨啊？

…………

· 第三章 ·
倾家荡产

在赫兰的操持下，蛮绒科技很快成立了，三位大佬的五千万也即刻到账。

而岚山这边，两家创业公司的股权卖了六百万，包括小唐那份在内。老刘留了一百万在岚山，留作四人的底牌。其余的，全投了蛮绒。

按小谭的自嘲，这笔一出去，就倾家荡产了。老宋要乐观些，说这投出去的是饵，将来钓回来的，是羊。

老刘则饶有兴趣地在新公司注册信息中，发现了一个陌生的名字——职工董事闻人沫雪。

签署好一系列协议文件并安顿好岚山诸事后，老刘三人向老东家递交了辞呈。老东家没挽留老刘和小谭，战略总监和研发经理哪儿都不缺，却挽留了一下老宋，毕竟他是公司沙旗分舵历年的销冠。

老宋没犹豫，他甚至都没回岚山总部一趟，收拾好沙旗的办公室，当天便回了家。

六月一日，三人在沙旗会合了。依然是赫兰领着牛卫东和孟青，为三人接风洗尘，还是在同一家酒店，只是没再祭羊，一桌六人，喝到渐入佳境。

"现在，你们三位既然来了，我也说到做到！"赫兰拿起手机，示意众人安静，"喂！把东西拿进来。"

须臾间，司机推门而入，将一只精致华丽的皮箱，递到了赫兰手中。

"这啥？不会是钱吧？"牛卫东瞪大眼睛着看皮箱，打趣道。

倒是孟青一如既往地从容，低头自顾自地把玩着一颗深沉的皇家蓝，似乎这箱子里无论是什么，她都不会在意。

"这个……"赫兰轻轻拍了拍箱面，双手将其递到老刘跟前，"蛮绒，从今天起，就交给你们了。"

老刘哪能如此心急，当即双掌一合："赫兰大姐，你的心意感激不尽，此事不急，公司的事，明天我们到公司说吧。"

"这就是个形式，表明我们三位股东……"赫兰似乎觉得这么说有点儿不妥，改口道，"我们三位大股东，对你们三位小股东兼职业经理人的信任。"

"具体工作的上手肯定还需些时间，但这箱子交给你们，就可以表明我们的诚意，按我们之前说好的，整个蛮绒，都放手交由你们管理。"赫兰说着，再次将皮箱递到老刘跟前。

"大姐都开口了，拿着吧，拿着吧！"牛卫东笑嘻嘻地在旁附和。

老刘见不好再推却，便一边道谢，一边接过皮箱，转手交到了小谭手中。

赫兰一直看着皮箱到了小谭手中后，端起茶杯，浅浅抿了一口，徐徐说道："有件事，我还是跟你们提前说下比较好。"

"嗯？"听这语气，老刘心下顿时一沉。

"之前，公司账上不是有五千五百万吗？"赫兰看似若无其事地说道，"前两天，我刚好有笔之前的，两千来万的货款到期了，我就先把款付了，公司账上现在实际还剩三千来万。

也就是说，我把我入股的钱，先付了之前的款，你们的我一点儿没动。"说着，赫兰还摆了摆手，"这个钱呢，回头要用时，我随时给补上，好吧？"

桌上一片沉寂，连大咧咧的老宋都放下碗筷，不甚礼貌地用茶水涮起了牙。

"大姐，你这该付钱付钱，提前给我们说一声也好啊。"牛卫东不太自然地挪移了下小身板儿。

孟青依然淡定如初，手上停滞几秒后，继续搓开了另一枚鸽血红。

小谭似乎有些急于想要开口，却被老刘的手势制止了。

"大姐，我能问一下，那这两千来万，咱准备什么时候给补上？"老刘平静地问，还不忘举重若轻地喝了口茶。

"账上的钱，你们先用着吧，又不是立马都要用完。真到用的时候，我随时给你们补上。"赫兰轻巧地说。

"大姐，那你看这样可好，既然这两千万已经不在账上了，咱公司的货币资产，就该按三千多万算。"酒意正渐渐地从老刘的眼中退却，"相应地，我们三位小股东入股时，在公司中所占股权和期权的比例，是不是也应该按照现在的情况，做个相应的调整？这个合理吧？"

"唉，刘总，你这么说就见外了。"赫兰摇着头，似乎有点不高兴，"我们股权和期权一早谈好的，现在改，不合适吧？"

"那这五千万，我们也是一早谈好的。"老刘一句跟上。

"你看你，我也没说不给。"赫兰口口声声道，"到需要用的时候，我出就行啊。你们刚开始时用不上，也不必逼着我现在就给你凑来放那儿吧？"说到最后，赫兰不轻不重地敲起了桌子，"况且，即便按三千五百万算，你们五百万原本也只该占股百分之十四，我们三个大股东，为了鼓励你们，做出了让步，也不能把我们的好心当驴肝肺啊。”

　　“赫兰大姐，这五千五百万，我们每一分都是有计划的。”老刘稳住情绪，“之前，你们三位也认同我们的方案，才会把这事交给我们来做。现在事还没开始干，就不明不白少了两千万，事情不该是这样做的吧？”

　　“那你这话怎么讲的？”赫兰往椅背上一靠，“我赫兰梅卉，是要赖你账了？”

　　“那不至于。”老刘抱拳告罪，“只是如果可以的话，我们一开始，还是按规矩办比较好。”

　　“那我说的话就不是规矩？”赫兰渐渐拔高了声调，“我都说了，真要用钱时，我出，还要我怎么样？”

　　“你说你，小刘，哪有这样跟老板讲话的。”牛卫东终于又笑着发声了，“这事儿呢，大姐没当个大事儿，没提前跟咱说一声，但这不也说了嘛。”

　　“你呢，你们呢，该怎么干，还怎么干，有我们三个老家伙在这儿坐镇，总不能差了事儿。”牛卫东攥着拳，一副鼓励的态度，“局面打开了，缺子弹了，赫兰大姐肯定给咱凑足原来的数，对吧？”

　　“毕竟，那是蛮绒的钱，也有我和小孟的一份，是吧？哈哈哈哈……”谈笑间，牛卫东终于吐出了自己心声。

　　“小孟，你什么意见？”赫兰转头看了一眼事不关己的孟青。

　　“我没意见，大姐怎么说，就怎么办。”孟青低着头，面无表情地把玩起另一件星光蓝。

　　“这不得了？还和之前一样嘛。”赫兰转头望向老刘，“你们说呢？我还不至于赖你们这点钱吧？”

　　“大姐，方便问一句吗，那钱，是付什么货的款了？”老刘掉转话头。

"绒厂的款，去年不是给我们公司做了批羊绒衫吗？我寻思着账一直没有给人家结，这又半年过去了，就给人结了。"赫兰的语气放松下来，像在表明此事已然翻篇。

"那羊绒衫呢？"老刘追问道。

"在品牌馆里。"赫兰看了一眼老刘，眼神中却带着点儿凌厉，好似一种警示。

"这批羊绒衫给我吧。"老刘斩钉截铁地说。

"什么意思？"赫兰语气中起了点儿火色。

"我帮你卖，卖出去了，钱归蛮绒。"老刘丝毫不怵。

"这个不用你。"赫兰拒绝得很干脆，"我卖几十年羊绒衫了，有数。"

"羊绒衫我要拉走。"老刘语气淡淡的，但其中的坚决，众人皆能感觉到，"赫老板，你该卖卖，从我这儿提货，货款进蛮绒账户。"

"我要不给你呢？"赫兰眯起眼睛，就是起初的这张菩萨脸，竟射出了金刚的怒火。

"从你付款时起，这就是蛮绒的资产了，以前是现金，现在是存货。赫兰大姐，这是你应该给我的。"老刘的话虽不卑不亢，但语气终究软了些。

赫兰闻言，没有说话，再次端起了茶杯。

孟青看了眼老刘，带着点儿兴趣。

小谭一身冷汗，心下却又有了些期盼。

老宋打了一声饱嗝，转起了筷子。

"你说你俩，这说的不是一回事儿嘛。"还是牛卫东笑呵呵地打破了僵局，"反正，不管那羊绒衫在哪儿，不都是用蛮绒的钱买的，都是蛮绒的资产嘛！"

"要不这样，放我那儿得了。"牛卫东大气公允地说，"不管谁卖出去，到我这儿提货，我都认钱不认人。"

"左右一个口袋，有啥好说的。对吧？哈哈哈哈……"牛卫东笑着给自己满了一壶，"来来来，事儿都说清楚了，咱该过节过节！"

"你这大姐，跟几个小孩子计较啥，他们要有你那格局，还能来给你打工……你也是，小刘，哪有这么跟老板算账的，那老板还发你们工资呢，对吧？我们仨都没在蛮绒领工钱，不都给你们白干呢嘛……"

饭局在牛卫东的搅和下，继续进行，说不上像起初时那般热烈，却也还算过得去。老宋依然大大咧咧满场找酒喝，小谭依然一副乖巧顺从的样子，孟青依然是孟青，而老刘给赫兰谦恭地敬上几杯酒后，两人似乎也冰释前嫌了。

只是在众人的笑容里，似乎都开始留有一些余地，就像复合的恋人各为自己藏的那块地，不多，却藏得深沉。

沙旗的夜，很长，很长，通常要等到所有人都喝好了，才不情不愿地落幕。

强撑着目送三位老板离开后，老刘和老宋搀着彼此吐了一地，只有小谭还算勉强清醒地站在一旁。他没有上前帮忙，因为手中拎着一只精致华丽的皮箱。

为了这只皮箱，三人抛下所有，孤注一掷地踏上了这条陌生的羊肠小道。然而，就在第一天，皮箱的分量，便折去四成。至于说那两千万的羊绒衫？别逗了，去年一冬天都没卖出去的货，到今天，跟过期的彩票又有什么区别？

三人尚且不知，天明之后，他们要杀入的，将是怎样一片群魔乱舞的混沌森林；他们要面对的，又将是怎样一帮鱼龙混杂的野蛮对手；而他们所拥有的，只有彼此，和小谭手中的小皮箱。

"老大！哈哈！你们都在呢！"第二天一大早，老宋带着余醉的轻浮，在酒店餐厅见到了正吃着、聊着的老刘和小谭。

"快坐，这儿早餐不错。"小谭大快朵颐着，真不知这小身板儿怎么能装下那么些个大包子。

"嗯，这儿我熟。"老宋环顾一周，"岚山就属这家上档次了，大姐给安排的吧？"

"嗯。"小谭应了声，好似被勾起糟心事，没再吭声。

"老大，咱还给他们干不？"老宋坐稳后，打开了话匣子。

"给谁？"老刘顿了一下，缓缓地问。

"赫兰和老牛他们啊。之前说好的五千万变三千万，这事儿咱还能干不？"老宋怀疑老刘酒还没醒。

"老宋，你记住，我们是在用他们的钱，给自己干。"老刘举起叉子，将叉上的冷肉送进了嘴，"若是唐僧不取经，那猴子就得吃他肉！"

"哦，行！明白了！老大，你说怎么办就怎么办吧！我们都听你的！"老宋撸起袖子，也跟肉包子干起来。

"老宋，安排你三个事。"老刘吃完说道，"找个库房，干净安全些的，用一年；找辆卡车，拉羊绒衫用，一会儿就要；再租套房子，我和小谭住。"

"老大！咱真要去拉大姐的货啊？"老宋嘴角有点儿抽搐。

"不然呢？"老刘微微笑了笑。

"那，库房用不着吧……老牛不说放他那儿吗？"老宋挠挠头。

"菜，还是夹到自己碗里好。"老刘用筷子敲了敲跟前的碟子。

"好嘞，没问题，我去办。"老宋不再多问。

"小谭，这三千万，你有啥想法？"老刘见小谭吃得差不多了，转头问。

"原先是一千万投牧场和种羊，三千万收绒和压货，一千万搞科技、塑品牌、干加工，剩下五百万做流动。"小谭擦擦嘴，"牧场和种羊是核心，必须得干。科技和品牌需要时间培育，也不能拖，但可以省着点花。收绒要到明年开春，趁这半年多时间，不行咱搞个产业基金吧，把余钱放大来用，能搞多少是多少。"

"品牌怎么省？"老刘点点头。

"旗舰店和文化馆先不动，包装、宣传和推广先行吧。"小谭想了想，"科技也一样，实验室先不搞了，搞个羊绒产业研究院吧。"

小谭的眼镜反过一道光："请位专家，报个课题，申请些经费，找几个研究员，买些设备，以牧场为基地，围绕如何通过科学养殖，提升羊绒品质和产量做研究。"

"这玩意儿都是花钱的事儿，咱为啥干呀？"老宋脑子有点儿直。

"产品和市场是加法，但科技和品牌是乘法。"小谭得意地笑了，"你觉得，科技公司和实业公司的估值，谁高？"

"行了。小谭，基金和研究院你负责。老宋，市场和品牌你负责。牧场和控绒那块儿，我回头找大姐要两个人来搞。吃完饭，收了账，今天就开工。"老刘一拍手，站起身来，"老宋，先找车和库；小谭，跟我去盘货。"

老刘给牛卫东去了个电话，让他请赫兰安排，按之前说好的，将那两千万的羊绒衫拿出来。牛卫东很乐意，毕竟，那两千万里也有他的一份，不能不明不白地被赫兰捂了。但他不知道的是，满载的大卡车出门便直奔老宋找的仓库去了，连他牛卫东的门儿都没过。

赫兰没有露面，大抵是顾及面子。不过，她没想到的，还有另外一件事。

"快装完了？"老刘看眼快被塞满的货车问道。

"嗯。"小谭扶扶眼镜。

"留两箱别装，等我。"老刘满意地点点头，看了眼泊在仓库外的一辆硬派越野车，转身走进了仓库。

几分钟后，除最后两箱外，货已装完，老刘也拿着把车钥匙出来了。

"装这车，走。"老刘拉开车门，指了指箱子。

"这车可以啊。"小谭亲自将最后两箱货抱上车后，坐上了副驾。

"不赖吧？"老刘冷笑一声，"归我了。"

"啥？！"小谭当场石化。

他随后才知道，车确实是老刘管赫兰借的，说有几箱货装不下，借来用用。

赫兰不想理睬，遣人将钥匙给了他。

于是，老刘就这么简单粗暴地将车开走了，压根儿没准备还。按他的话说，两千万，说没就没，这车，就且当利息吧。

小谭有些担心，刚来沙旗，便跟赫兰首富，他们的大股东、大靠山闹僵，羊绒这事儿，还能干下去吗？

老刘反倒很坦然，他说："在沙旗，我们是羊，现在是与狼为伍，将来有一天，甚至会与虎谋皮，若昨天被人这么摆了一道都不还手，迟早被他们嚼成肉糜。"

"拉货也好，抢车也罢，我就是要告诉他们，我们，不是逆来顺受的客，而是穷途末路的匪！"字字铿锵地说完这句，老刘便无意再言了。

小谭想了又想，想了又想，终究还是沉默了，事已至此，多说无益。

此事之后，三位大股东就跟消失了一般。赫兰没有因车的事找老刘麻烦，只让人问了一句便罢；牛卫东也没有追究那两千万羊绒衫的去向，只叮嘱了句注意安全；孟青更如局外人一般，杳无音信。

老刘知道，所有人，都像优秀的猎人一般，各自守在某一处，静静地等待着，看他的表演。

他去了趟改良站，借着赫兰的名义，让老尕又陪自己下了趟牧场。这一趟，一下就是一星期，中途老尕实在不愿奉陪，找了个借口溜了，但小姜被老刘留了下来。

这一周，一车俩人，绕着大牧场跑了个圈，跟二十九户牧民几乎都见了面，也终于第一次见到了传说中的沙旗白绒山羊。

这是一种无法被圈养的动物精灵，体型不大，脾气不小，模样标致，性情古怪，两个精巧的斗角，疑神疑鬼，一身皎白的长毛，刁蛮任性。别说老刘了，便是赶了大半辈子羊的牧民，也不敢说对它的习性了如指掌。

比起逆来顺受的绵羊，沙旗山羊的性格更像猫，有自己的脾气：比猫更胆小，但也比猫更顽劣；比猫更合群，但也比猫更护食。你要不逮住它的小角子，它根本就不稀罕跟你玩儿。

老刘也是费了很大力气才明白，在草原上，一个人是永远都无法抓住羊的。

小姜是个小灵通，既充当老刘的向导，又兼职老刘的翻译，开车是他的表面技能，兽医才是他的隐藏专业。因此，他很受牧民喜欢。

　　小姜也喜欢老刘，虽然这个老总流里流气，但为人接地气，办事很靠谱，跟随这么些天，他多少也猜到些老刘来此处的目的。

　　于是，在一个寻常的下午，去往某户牧民家的路上，小姜向老刘提出了请求，如果老刘他们真的会在沙旗留下来干羊绒的话，算他一个。

　　他说，他在改良站只是临聘，没有编制；他说，改良站工资不高，规矩不少；他说，他还年轻，很想跟着老总学习，长见识；他说，他喜欢下牧场，喜欢羊白白……

　　说到这里，老刘便没让他继续说了，问他一个月要多少钱。小姜憨厚地笑了，说："改良站八百，你比这多就成。"

　　"啥活都干？"老刘最后问道。

　　"啥活都干！"小姜毫不犹豫。

　　于是，小姜便成了蛮绒科技的第一个社招员工，任职司机、秘书、翻译、兽医。同时，还是老刘在绒山羊行业的入门导师，月薪一千二。

民族瑰宝

一周以后，当老刘回到沙旗时，小谭和老宋差点儿没敢认他，别的不说，光那一身的羊粪、羊臊味，两人就差点儿没把他赶出去。

有了第一手资料，老刘胸有成竹，带着二人最终敲定了各项业务铺排的细节。

首先，是收购大牧场。目前大牧场属国有，牧民牧羊采取的是承包制，定额纳羔，自负盈亏。蛮绒介入后，需干三件事，一是收购牧场，二是经营改制，三是择优分群，以此将沙旗最好的种公羊，牢牢控制在公司手中。

其次，是组建产业基金。经小谭初步了解，沙旗还从未成立过任何一个产业基金，但相关部门包括开发银行在内，都非常支持成立一个专门服务于沙旗羊绒产业的基金。蛮绒和沙投联合出资两千万后，开发行再投资八千万做优先的简单结构，一个首期一个亿的羊绒产业基金有望尽快落地。

再者，是产业研究院。小谭托赫兰搭桥，找到了农牧高等学府山羊研究院的老教授，对方推荐了谷博士，在成立产业研究院搞羊绒专项研究一事上，谷博士和小谭一拍即合。据说，谷博士有点儿学痴的味道，连合作条件都还没有深入谈，就已经在草拟项目计划了。

然后，是羊绒销售市场。老宋不知怎么搞定了高冷的孟青，让她带着自己去帝都参加了一场私人的珠宝品鉴会。与会的都是各行业有钱的金主，除主办珠宝商外，各类奢侈品商家也各显神通，混了进来。其中，也包括驴牌、鹰牌、宝宝丽等旗下具有奢侈羊绒服饰品牌的商家。于是，会上呈现出了难得一见的奇观：商家都在追金主，老宋却在追商家。传闻，会后孟青差点儿没亲手掐死给她丢尽了颜面的宋胖子。

最后是品牌。还是奇葩老宋，扯着沙旗大鳄的幌子，在帝都品牌设计圈一顿搅和，从排行榜第一位骗起，挨个儿向下，最终居然骗得排行榜第四位，答应以地板价给蛮绒量身打造一套品牌设计，并友情赠送一页关于产品展陈的模拟效果图。

看起来，一切都按照既定的计划在推进，形势一片大好。

"大佬们那儿没什么动静？"老刘似随口问道。

"没。"小谭摇摇头。

老刘点点头："我们目前还有什么困难？"

"困难没有，就是缺人。"小谭同老宋对视了一眼。

"什么人？"

"财务，这块，咱仨都不专业。"

"财务……很好！"老刘眼神一亮，"走，找大姐！"

"对了，还有个事。"老宋犹豫了下，说道，"咱那儿不是压了大姐一批羊绒衫嘛……"

"嗯？"老刘看眼老宋。

"我有一个想法……"老宋不声不响从身后摸出个半尺见方，相当考究的礼品盒。

"走，边走边说。"老刘定了定神，拍着老宋和小谭的肩膀，将俩人推出了房门。

当三个小人物第一次造访赫兰庄园时，首富正戴着草帽，穿着麻料衣服，在太阳下修剪草坪，管家站在不远处的电瓶车前，默默地望着。

老刘见状，叫住了小谭和老宋，也跟管家站在了一起，静静等着。

赫兰似乎没注意到客人，自顾自又推了会儿草坪后，方才停歇下来，拽过肩膀上的毛巾擦了擦汗，一抬头，才露出惊讶的表情。

"咦？刘总来啦？"赫兰放开剪草机，微笑着走了过来。

"大姐好兴致啊。"老刘也笑了，"看得我都想去推一会儿。"

"哈哈哈哈，见笑了，见笑了。"赫兰脱下手套，扔给了管家，"你继续吧，我回去了。"

管家哈了哈腰，拿着手套向剪草机走去了。

"上车，走。"赫兰登上电瓶车的驾驶位，载着三人，朝着远处的大别墅开去。

进到别墅，家佣将三人直接领上了屋顶——一个可俯瞰整座庄园的阳光花园。没等多久，赫兰也冲完凉，换了身衣服上来了。

"怎么样，三位，还不错吧？"赫兰笑着，像极了有钱人。

"大开眼界！"老刘实话实说，庄园他见过，但大到这么没谱儿的，他想都没想过。就这么说吧，老刘一眼扫去，便估摸出这里足够放牧一整群绒山羊的。

"坐，坐下说，吃点儿水果。"赫兰招呼着，给每人递了一小串葡萄，自己也提起一串吃了起来。

三人客气两句后，也客随主便了。

阳光下，微风里，轻松愉悦的氛围中，老刘将这一周的进展——跟赫兰做了汇报，简明扼要、妙语连珠，听得赫兰频频点头，不时大笑。

小谭和老宋一直认为，老刘这张嘴，是他全身上下最值钱的地方，要是搭讪算一门学科，诺贝尔奖奖金都不够给他一个人发的。

不管怎样，至少目前看来，之前的不快，赫兰并未往心里去。老宋则更加坚信，若是自己的想法可行，那赫、刘二人的嫌隙便能彻底消除。

"财务？"赫兰看眼老刘，若有所思。

"是，希望大姐支持。"老刘微笑道。

"你们雇一个不行吗？"赫兰看似在拒绝。

"不放心，还是用自己人吧。"老刘看似很真诚。

"那工资呢？"赫兰是生意人。

"蛮绒发。"老刘也是讲理人。

"行吧。"赫兰拿起手机，想了想，拨通了一个电话，"喂，沫雪，来趟庄园。"

老刘心下一动，想起了那位只闻其名，未见其人的职工董事。闻人沫雪？职工董事兼财务？这个人，究竟跟赫兰什么关系？

也难怪老刘多想，这个财务，可是要进入他们核心经营团队，跟着他老刘一起背靠背打天下的。他之所以主动请赫兰指派财务，便是有意通过此人，将蛮绒最核心的资金和经营情况输出给赫兰，以此增进大股东和经理人之间的信任。

可没想到的是，赫兰指派的财务，竟然是公司的职工董事。要知道，在大小股东两股势力在董事会层面三票对三票的情况下，职工董事很可能在关键时刻，能成为那个改变天平倾向的砝码。赫兰能将此人交到老刘身边，应该是相当信任她。

沙旗确实很通畅，没过多久，这个神秘人物便在家佣的引领下，踏上了屋顶花园。

二十多岁的女孩，楚楚动人，年轻靓丽的外表下，多了份精明干练。

"董事长。"沫雪向在场众人微微颔首，款步走到赫兰身旁，白皙的手交叠于身前，玉腿修合而立，目光清澈，神色自若。

"介绍一下，我侄女，闻人沫雪。"赫兰爽朗明快，"留学回来的，注册会计师，是吧？"

"是，姑妈。"沫雪闻言，也换了称呼，连语气里都多了一成亲近。

"够用吗？"赫兰话中含着得意。

"不敢，大姐，太屈才了。"老刘实话实说，在他看来，目前只需要一个记账会计便可。

"说吧，刘总，你给开多钱？"赫兰似乎在讨教。

"三千。"老刘面不改色。

沫雪闻言微微一怔，却未失态，但第一次将目光在老刘身上停留了一秒。

"刘总，你这话可有点儿伤我们沫雪了啊。"赫兰笑着，言语中似乎带着责备。

"得罪了。"老刘向沫雪抱了抱拳，"大姐，沫雪来蛮绒确实太屈才了。目前，我们只需要一个三千的记账会计。"

"刘总，你当初可是向我们保证过的，咱们可是要做上市的。"赫兰的语气渐渐没有了那么多友善，"要不是奔着这个目标，我还舍不得把沫雪交给你们呢。"

"是。"老刘点头，"保证不敢说，但目标一定是上市，不过现阶段，我们确实用不上注会这样的大才。"

"早用晚用都是用，早点儿用，总比你到时再换好吧？"赫兰紧追不放。

"大姐，资金有限，蛮绒确实需要精打细算。"老刘诚恳地解释道。

"刘总啊，我也好歹是董事长，大股东，这公司的事儿，就一点儿意见不能提？"赫兰语气虽轻，但话已经比较重了。

"大姐，言重了。"老刘本想坚持，但想着后边还有更重要的事需要赫兰点头，便就此松口，"这样，暂时委屈沫雪一下，开始一个月五千，到业务走上正轨了，我们另行再议，可好？"

赫兰不露声色想了想："一个月一万，那五千，我来出。"

"谢谢大姐。"老刘再向沫雪抱了抱拳，以示歉意。

沫雪没说话，微微颔首，算是回礼了。

"沫雪，怎么样？还没有问你的意见，你愿意吗？"赫兰回头看向侄女。

"谢谢姑妈。"沫雪嫣然一笑，阳光重回大地。

"好了，没事了吧？"赫兰神色一松，又变回了那个慈祥的邻家大姐。

"还有件事。"老刘见赫兰准备起身，赶紧说道，"关于……羊绒衫的。"提到羊绒衫时，刻意将语气放轻了些，避免激起赫兰心中的旧怨。

"哦……"赫兰闻言又坐了回去，脸色微微变了变，但还算保持得友善，"说吧。"

"老宋，你给大姐汇报一下。"老刘看了眼老宋。

"好的，我敬爱的大姐，是这样的。"老宋脸上挂着轻松的笑容，但措辞却明显有过精心组织，"上周我跟孟姐去帝都参加了一个私鉴会，会上呢，结识了一帮做奢侈服饰的品牌商，从他们口中捕捉到一点儿信息。"

"他们也做羊绒衫，但品牌定位高端、溢价高，虽说销量低，但利润很高……"

"说重点。"见老宋哪壶不开提哪壶，老刘当即打了个岔。

"哦哦。"老宋也反应过来，掉转了话头，"羊绒衫的季节性比较强，从春夏一直到秋季都不太好卖，但如果能改成一种非季节性的产品，就可以加速我们存货的去化。"

"比如说呢？"此类老生常谈，丝毫没引起赫兰的兴趣。

"哈达！"老宋说着，从身后掏出了那个考究的礼品盒。

赫兰闻言一愣，一边思量着，一边从老宋手中接过盒子，层层打开，金色衬底上，一条霜雪无瑕的羊绒丝绦映入眼帘。

那种白，圣洁而无瑕，纯粹但不简单，活泼但不轻浮。

那种光，炽热而明亮，耀眼但不刺目，华贵但不奢靡。

虽然在赫兰看来，哈达的工艺水平相当有限，但就产品背后蕴藏的价值而言，丝毫没有打折。

"跟大姐汇报一下，这个是我拆解了原先的一件羊绒衫做出来的。按我估计，除去损耗，一件羊绒衫能拆出五条这样的哈达来。"老宋假装惭愧地说道，"临时找了个小厂给做的，做工有点儿粗糙，大姐别介意。"

"这个哈达，既可以当羊绒围巾一样穿戴装饰用，又可以当中高端礼品送人，比起羊绒衫，适用范围更广，而且单条的售价更低。"说起买卖，老宋立马变得驾轻就熟。

"我看大姐之前的羊绒衫一件卖价在三千元左右。就按一件拆五条算，一条六百，再把加工和包装费加上，一条不超过六百五。"

"就这玩意儿。"老宋指了指哈达，"一条六百五，不比宝宝丽好卖啊？不是我吹，把那库里的六千件羊绒衫改成三万条哈达，我能半年给它卖断货！"

"咳咳！"小谭见老宋越说越上头，赶紧咳了两声。

"嗯……就是这样。"老宋也回过神来，赶紧打住话头，临了不忘展示一下自己的高风亮节，"对了，那个，拆解的那件羊绒衫，当我自己成本价买的。"

赫兰一边听老宋说着，一边将哈达取出，抖展开来。说白了，这就是条羊绒围巾，只不过做得更薄、更轻，再带点哈达的样式。不过，也正因为如此，才大大降低了单件的成本，使其作为礼品的属性大幅度提升。

羊绒服饰原本只是舒适保暖的衣物，因为价格昂贵，便被赋予了彰显身份的价值。可后来，服饰的审美价值逐渐大于实用价值，款式、颜色和价格都不占优，难打理又易损伤的普通羊绒衫就此跌落神坛，成了大众市场买不起，高端市场不待见的鸡肋。

仅有些国际大鳄，借用其品牌的力量，融合复杂的工艺，将之打造成了服装界中顶级的存在。可这又跟赫兰梅卉等苦苦挣扎在成本与售价之间的传统服饰商有什么关系呢？

老宋的倡议，无异于再次将羊绒产品从象牙塔，拉回到了风俗店，并将羊绒和服饰，进行了完全剥离，让羊绒衫见鬼，让软黄金归位。

赫兰苦恼于羊绒衫久矣，在老宋说出"哈达"的一瞬间，便似乎给她心中的堰塞湖开出了一道口，所有问题倾泻而出，一切困难迎刃而解。

老刘看赫兰的表情就知道，此事成了。

"跟我走。"赫兰扫了三人一眼，想了想，又跟沫雪招招手，"你也来。"

到得楼下，看见那辆越野车，赫兰对老刘阴笑了笑："刘总，你做事，有点儿不讲理哦！"

"哈哈哈哈，大姐批评得对，下次不敢了。"老刘闻此言，心中顿时散开一团乌云，赫兰能主动提，这事也就算翻篇了。

很快，一行五人坐着电瓶车，来到庄园隔壁的一座工厂。说是隔壁，其实就建在庄园内，不过修了半圈围墙，将工厂从庄园的一角分隔出来，只留了临街两面，方便工人进出。

工厂方方正正，上下两层，每层两千平方米左右。一楼的层高高一些，是生产加工羊绒衫的地方，现在已几乎停产，设备还在，看不见工人。二楼是展示区和办公区，陈设了不少经典产品和公司荣誉。当然，政商界表示关怀的照片也是少不了的。

据赫兰介绍，巅峰时候，工厂规模远超现在十倍，工人之多，在沙旗根本都招不够。很多地方都邀请赫兰去投资建厂，但她自始至终都没有离开过这里，反而兴建宿舍，将外地工人请来这里，包吃包住。先前她推的那片草坪，就是原先工人宿舍的所在地。

说到这里，赫兰有些落寞。不过，她很快调整过来，拉着老刘等人，来到一个玻璃橱柜前。

"沫雪，你给刘总他们介绍一下吧。"赫兰可能说得有点儿累了，也可能还有其他事，独自拿着手机走开了。

"好的。"沫雪微微一笑，站了出来，走到橱柜旁，摁下了开关。

一柱丰润的光从天而降，射穿橱柜，流光溢彩的橱柜里，一件明艳高贵的旗袍，璀璨生辉，优雅、霸气、精致，如同民族服饰中的明珠，历史舞台上的金樽。

"这是我们董事长，我姑妈，亲自设计指导，手工制作的，全球第一款羊绒旗袍。"沫雪的声线轻灵细婉，娓娓动听，就如那羊绒哈达，美妙浪漫地飘扬在空荡荡的厂房中。

沫雪说，这是很多年以前的产品了。当时，赫兰已经看出羊绒服饰将不可避免地走下坡路，而羊绒的稀缺和高昂的成本，注定了它不可能走大众路线，于是便精心设计了这款旗袍，意在加入高端奢侈路线。

这款旗袍一登场，便如凤凰涅槃般横空出世，一鸣惊人，在羊绒乃至整个服装界，平地掀起了一阵波澜。一时间，羊绒旗袍成了贵妇人的最爱，甚至形成了以袍会友的小圈子。

可惜，好景不长，羊绒不易染色，难以塑型等问题，限制了旗袍的款式，无法满足市场推陈出新的要求，加上它的娇贵，很快便被需要新鲜感的客户束之高阁。

"人生若只如初见，何事秋风悲画扇。"沫雪仰望着旗袍，语气中散发出淡淡的感伤，"后来，这真正的羊绒旗袍，就此绝迹了。"

"多少钱？"老刘指了指旗袍，问出了大家都想问，又不好意思煞风景的问题。

"三万。"沫雪瞥来的眼神中，满是嫌弃。

"嗯。"老刘点点头，不无可惜地说道，"可以再贵点。"

沫雪还想说啥，却见赫兰带着个四五十岁，长相固执的中年男人走了进来。

"我的旗袍怎么样，刘总？"赫兰笑笑。

"民族瑰宝。"老刘淡淡地说道。

赫兰双眼一亮，没想到，老刘竟给出了如此之高的评价，关键在他说出这话的语气，好似在讲述一件理所当然的事。

"哈哈哈哈，过誉了过誉了，刘总太过奖了。"赫兰谦逊地摆着手，脸上却写满了受用。

沫雪、老宋、小谭三人，都不约而同地向老刘投去鄙视的目光：这货刚还俗不可耐地问价呢，怎么现在一转脸就成了民族瑰宝？马屁精！

"来，刘总，给你们几位介绍一下，龙国兵，国兵总，我们以前工厂的厂长。"赫兰将中年男子引到老刘跟前，"这是老刘，

• 第四章 • 民族瑰宝

刘总，我们蛮绒科技的总裁，现在带着我们三个老家伙一起做羊绒。"

"哪敢，哪敢！"老刘赶紧招呼道，"国兵总好！我们是沾着大姐的光芒，在大姐庇护下，争取做点能让沙旗骄傲的事。"

"哈哈哈哈！"赫兰笑得嘴都合不上，"国兵，事情我已经跟你说了，你呢，就带着他们，配合他们，把羊绒哈达给我干好，成不成？"

"大姐放心，您交代的事，我一定干好！"龙国兵向老刘伸出了手，"刘总年轻有为，希望能带着我们这些老家伙，再大干一场！"

"国兵总客气了。"老刘一把握住了龙国兵的手，狠狠摇了摇，"大姐的队伍，有你加入，如虎添翼！"

"哈哈哈哈！好了好了，别虚头巴脑的了，走，我们吃饭，边吃边说！"赫兰挥挥手，当先走了出去。

老刘和龙国兵跟在其后，热烈地聊了起来。

沫雪三人则并排最后，有一句没一句地说着些羊绒衫的往事。

老刘总觉着，背脊有点儿发凉，像是有把锋利的匕首，牢牢锁定了自己的命门。

龙国兵也是沙旗人，一辈子跟羊打交道，小时候放过羊，后来靠收羊绒走出草原，再进厂里打工，学了些技术，慢慢开起了自己的羊绒加工厂，干过梳洗，干过染纺，但最终跟了赫兰，当了十多年的羊绒衫纺织厂厂长，最辉煌的时候，管理过上千名纺织工人，替赫兰生产了数百万件羊绒衫。

后来，羊绒衫没得干了，他便也就此金盆洗手，回家带孙子去了。不过，老刘看得出来，这个人想干事。

席间，赫兰问龙国兵，有什么要求。

龙国兵说想入股，手头还有点儿钱。

赫兰将他劝下了，说那是他和他家里人的养老钱，万一这摊事没干成，伤不起。

老刘提议底薪加提成加期权，底薪少一点，不白干的意思，按两千块一个月算；提成从羊绒哈达销售的利润里来，期权的话，暂不说定，待蛮绒各项业务走上正轨，需要龙国兵承担更重要的事务时，再商定不迟。

龙国兵没有异议，赫兰却有些意外。没想到，老刘对沫雪抠抠搜搜，对这龙国兵反倒还不错。

只有老刘自己心里知道，像龙国兵这样身怀十八般武艺的老兵油子，东边不亮西边亮，将来蛮绒全线开火，总有用得上他的地方。

至于沫雪，老刘倒是偶然发现了她另一项潜能——品牌打造。可能是长期跟着赫兰的缘故，沫雪对时尚非常敏感，品位也极佳，轻描淡写几句，便把羊绒哈达款式的几宜几不宜说得明明白白。

于是，老刘便让她和老宋一起，跟进品牌的事，毕竟公司现在的财务，没有太多事。

沫雪爽快应承了，表示愿意多做多学。赫兰则又佯装着替她打抱不平，说老刘是典型的资本家风格，就见不得人闲着，连她侄女都不放过。

老刘打趣说，冤有头债有主，赫兰等三位才是大佬，至于他自己，充其量不过是大佬们的"跟班小弟"，替他们卖命罢了。

众人哄笑，并深以为然。

· 第五章 ·

粉丝过万

很快，蛮绒的各条战线，便在老刘的部署和伙计的发力下，有条不紊地展开了。

赫兰也没有闲着，亲自拜会了沙旗领导，并提出了收购大牧场的意向。

出人意料地，沙旗对大牧场的态度相当开明，只要价格合理，并保证资金投入，在不破坏生态环境的前提下干好绒山羊产业，想怎么干都成，并且，当地还可以提供一系列的保障和支持。

三方评估，产权挂牌，报名竞拍，协议签订。一个月后，老刘等人梦寐以求的红格尔日坦图布隆德勒乌乌玉林大牧场，以及牧场上的五千多只羊，便已归蛮绒所有了。

在这过程中，老刘发现了蛮绒在沙旗的第一个敌人，他见过两次，却所幸有所防备的，改良站站长——老尕。

这个阴郁的小老头，在牧场收购过程中，不断释放负面信息，类似质疑评估、挂牌程序、竞拍资质、协议条款等，几乎蛮绒前行的每一步，都会遇上他的阻击。

大牧场之前一直是改良站在管理，用脚指头也能想到，蛮绒的闯入，一定动了他的奶酪。老刘原本很想陪他玩玩，深入发掘下他的财路修得怎么样，但老尕却不慎说错了一句话。他说："赫兰早就不行了。"

好死不死，这句话传到了赫兰那里，首富一怒，地动山摇。赫兰直接杀上沙旗当地最高层，在会议室里喊出了"小人自龌龊，安知旷士怀"！

当然，这句话，也是老刘先前在劝慰赫兰不要动怒时"脱口而出"的。

会上，老刘发现了或许是蛮绒在沙旗的第二个敌人，那人坐在赫兰的斜对面，自始至终没说过话，直到赫兰捅破老尕，他才以劝慰的口吻说了句："你就做吧，你只要干好了，还怕小人说三道四吗？"

赫兰看眼老刘，老刘没有回应。他很清楚，赫兰只要喊出了那句话，接下来很长一段时间，沙旗便不会再有人明着跟蛮绒作对了。至于桌上的意气之争，胜败并不重要。老刘不怵老尕，但还不愿为一时之快，跟这会议室里的任何一位结怨。赫兰或许不怕，但蛮绒怕。

从会议室出来，赫兰埋怨老刘为什么不帮腔，让她铩羽而归。老刘说："您没铩羽，谁的羽毛不干净，谁才铩羽。"

果然，接下来的诸事都出奇地顺利，当老刘第三次下到大牧场时，已是牧场正儿八经的新主人了。

老刘团队仔细盘算过，大牧场占地约一百万亩，按每一百六十亩荒漠草原才能养活一只绒山羊算，充其量也就能放牧六千只。为提高种羊质量，并预留一些新建羊群的空间，老刘打算只保留其中最优质的四千五百只，含三千只核心种公羊、一千只优质母羊和五百只羯羊。

至于原来的二十九户牧民，只要愿意，都可以留下来，每户管理约一百五十只绒山羊，算是蛮绒的第一批放牧工人，按月发工资，每逢抓绒和产羔大季，还有额外绩效。算下来，收入比之前至少要提高百分之十五。

至于多出的羊，经筛选后，尽快淘汰，保育草原生态，维护草畜平衡。

老刘一直都很清醒，羊多点儿少点儿，一点儿都不重要，把大牧场和牧场上的羊，塑造成地球村上最顶尖的羊绒输出源，才最为重要。

一时间，大牧场的一系列举动席卷了草原，别看这是人口分布最稀疏的地方，消息传得比风还快。

在大牧场的场站上，老刘翻看着牧场过去几年的账本，原本他想让沫雪看的，沫雪也看了，看了有一分钟吧，便扔回给了老刘，说："一笔烂账，没什么好看的，富了和尚穷了庙。"

老刘问她怎么看出来的，她说直觉，女人的直觉。

于是，老刘便自己将账本抱下了牧场。这里，有的是时间；缺的，是打发时间的事。看账本，正合适。

根据账本记载，之前的五千多只羊，有三千多只是母羊，每年产羔两千，产羔存活率不到百分之七十。老刘猜，大约这里有问题。

根据账本记载，之前的五千多只羊，每年大约淘汰一千只，每只售价才三百到四百元，甚至不够五年的放养成本。老刘猜，大约这里有问题。

根据账本记载，之前的五千多只羊，年产三千斤原绒，平均每只羊产绒不到六两。老刘猜，大约这里有问题。

根据账本记载，之前的五千多只羊，冬季要吃四个月补饲，平均每只羊每天吃掉一斤多。老刘猜，大约这里有问题。

根据账本记载，之前的五千多只羊，每年要从外边拉一百多车水来喝。这些水，都够灌个小绿洲了。老刘猜，大约这里有问题。

根据账本记载，之前的五千多只羊，一年要吃十万块钱的药，每只每年药费二十元。老刘猜，大约这里有问题。

花钱的地方多如羊毛，可那些该到手的草原补助、科技下乡、风光互补、打井津贴，却乏善可陈。老刘猜，大约这里都有问题。

唉，好一片得天独厚的大牧场，竟然像被弹药扫过的羊绒衫，千疮百孔。

"刘总，人都到了。"朝场长笑呵呵地走进屋里，"你过去，还是让他们来？"

"我过去吧。"老刘合上账本，打起精神，走了出去。

会议室外，挤满了各色各样的牧民，全都眼巴巴地看着老刘，眼中满是热切和好奇。今天，是老刘选新场长的日子。

这事，老刘跟朝场长商量过，虽然这里信号很差，但还是需要一个会用智能手机，会读写汉字，能真正听懂他的话的场长。朝场长倒是很配合，以前当场长，钱不多几个，事儿却不少干。现在正好，功成身退。更何况，老刘还每月悄悄多给他二百块的顾问费，这事儿听起来，高级。

老刘坐在长桌的桌首，朝场长在左，小姜在右，每叫到一户牧民，朝场长便会将他们的情况介绍给老刘。之所以是他们，是因为这草原的牧民，都是以户为单位的，很少有独自放牧的，大多是夫妻，偶尔是兄弟，个别是祖孙。

"这个老齐，狡猾得很，贪婪，坏着呢，但儿子在旗里，路子广，牧场不少事儿得找他……"

"孙老汉还不错，老实肯干，一把好手，就是年龄越大，心眼子越小，管不了人……"

"巴拉兄弟啊，哥哥叫个查干，弟弟叫个哈尔，年轻，有力气，就是哥哥太爱喝酒，容易误事，弟弟进过号子，当场长，你要好好想想咧……"

见过的人越来越多，剩下的人越来越少，老刘皱着眉头，看着名单上一笔一笔画掉的名字，整个人都有点儿不好了。其实，他对这场长的期望原本就不高，但来参选的人，一半不会说汉语，大多不会用手机，就更别提能真正听懂他的话了，老刘甚至觉得，自己在他们眼里，还不如羊好沟通。

"唉——"老刘画掉名单上最后一个名字，又把纸翻过来，确实没人了。

"别看我，我不当了，不当了！"朝场长见老刘看来，慌忙摆起了手，一副"你别为难我"的样子。

"刘老总，刘老总——"门外突然响起一阵清脆的呼声。

老刘起身来到门口，发现一名年轻女子被好几名牧民拽着，跃跃欲试地要往里冲。

"我要应聘场长！"女子挣扎着，凶巴巴地吼道。

"你又不是我们场子的人！快走开！"牧民们顿时起哄。

"放开！"女子奋力从牧民们手中挣脱，直挺挺站到了老刘跟前，"刘老总，我从小养羊，读过中专，啥都会！"说着，还不忘顺了顺刚被弄乱的一头柔顺浓密的长发。

长发下，一张略带西域色彩的面孔，竟还颇有几分姿色。老刘没有好继续向下看，光先前随意扫过的那眼，便看出这女子的身材，非妖即魔，绝非善类。

"进来吧。"老刘面无表情地扫了眼外边的牧民，"没事就散了吧，等通知。"

"说下自己的情况吧。"桌前，老刘跷着二郎腿，抠着指甲。

"我叫淇格淇，二十五岁，东边牧场的，从小养羊，读过中专，什么都会。"女子一张嘴，便是一口流利的普通话，这个水平，在沙旗都不多见。

"之前干啥的？"

"教书。"

"哪里教书？"

"旗里。"

"教啥？"

"小学，汉语。"

"怎么不教了？"

"学校不让了。"

"为啥？"

"说我偷人，跟孩子家长鬼混。"

"……"

"我没偷！"

"成家了吗？"

"离了，娃在旗里跟他爸。"

"为啥想要当场长？"

"赚钱。"

"你能当吗？"

"有什么不能的？你让我咋干，我就咋干。"

"管得住牧民吗？"

"有啥难的？跟羊一样，听话就喂，闹事就打。"

"……"

"你们别笑，我在学校里管孩子是最厉害的，管孩子可比牧民难多了。"

"会开车吗？"

"开车、摩托、骑马，除了飞，什么都会。"

"你说你从小养羊？"

"是，跟着爷爷奶奶，他们走了我自己养，一边上学一边养。"

"父母呢？家里什么情况？"

"死了，喝酒冻死的。"

"哦——你就是那个，那个闹过旗里那个……"

"是我，就是我。旗里闹过，社里闹过，站上也打过，都是我。"

"啥意思？"

"她之前好像因为羊的事，去旗里闹过事，合作社也闹过，还打过改良站的人。"

"……"

"他们黑我的钱，欺负我的羊，为啥不闹！"

"当我的场长，就要听我的……"

"我知道，我知道，场子是你的，羊也是你的，死了、活了、好了、坏了，都是你的，我不心疼，只要你按时给钱，我就不闹事。"

"场长也是要养羊的，你知道吧？"

"给我养吧，没有我养不好的羊。"

"你一个人？"

"咋啦？爷奶走后，我一个人养三百只羊呢！抓绒接羔，全都是我一个人。我还要读书。"

"待遇清楚吧？"

"能多给不？我比他们都养得好。"

"场长已经是最高了。"

"场长是场长的钱，养羊是养羊的钱。"

"这个不谈。"

"哦，成呢。"

"除了这些，还会些啥？"

"直接说，你还需要我会啥？"

"……"

"记账会吧？"

"会。"

"围栏修过？"

"修过。"

"羊板打过？"

"打过。"

"羊病认得？"

"认得。"

"饲料会配？"

"会的。"

"刘总，我看她行。"

"那行，就是你了。"

"谢谢刘老总！谢谢朝场长！还有那位小帅哥哦！"

"对了，最后一个问题，智能手机能用吧？"

"你侮辱我呢！"淇格淇掏出手机啪的一声拍在了桌上，"大白书粉丝过万呢！"

年纪轻轻爱闹事的淇格淇替代朝场长，成了大牧场的新任场长。这事，很快又传遍了草原。

牧民们争相奔告，都说新来的老总胡乱整，牧场要坏了。但也有"人间清醒"，说老总年轻，淇格淇漂亮，不找她找谁？大牧场这么寂寞，总得找个会来事儿的吧？此言一出，风平浪静。

在牧民看来，淇格淇已是老总的女人。

"喂？他们都说我是你的女人。"

"是吗？"

"晚上是，白天不是。"

"那你白天是谁的？"

"羊的。"

"羊是我的。"

"你也是我的。"

"我不是。"

"你现在是！"

"刚才是。"

"你是不是？"

"不是！"

"你到底是不是？"

"不是！"

"嗯……你……你……到底是不是……"

"啊……是，现在是……"

"……嗯……啊……嘻嘻……今晚你都是我的了！"

"……"

草原的夜，空虚而漫长，若不是时不时地响起一阵愉悦的呻吟，连月亮都会感到寂寞。

淇格淇很放肆，在上任第二天，便以路远为借口，留宿在场站，又以男女不便为由，将小姜赶去了朝场长家，并在半夜以抓蛇为借口，钻进老刘的被窝，抓住了老刘的把柄。

干柴烈火，一触即燃。在这任意两户牧民都至少间隔五公里的大漠，两个人在一起，干什么都可以，怎么干都可以。

月亮成了小夜灯，银河成了氛围景，汗水很快被风带走，站在大地中央，连衣服，都成了多余的物品。

疯狂了几夜后，淇格淇光着身子，骑着马，载着老刘，来到一公里外的井边，就着这大天大地，洗了个澡，透凉透凉。

洗完回到场站，她搂着老刘说，不能再待了，这觉睡醒，她就要回去看羊了。

老刘捋着她的长发，没有说话。这几天，他已经跟她说了很多话：蛮绒是什么，蛮绒需要什么样的牧场，需要做什么，才能成为那样的牧场，可能会遇上什么困难，需要怎么应对，哪些人可以信任，哪些人需要提防，很多很多……

淇格淇一直没有听到自己想听的话，但她不敢问，很少有她不敢的事，但有些事，她就是不敢。

当夜，万籁俱寂。

老刘第二天中午睡醒时，淇格淇已经走了。小姜识趣地方才现身，色眯眯地看着老刘问："得劲吧？"

老刘说："累了，回沙旗吧。"

下牧场这么久，老刘确实担心沙旗有什么事，毕竟这里信号极差，他只能在每天风起的时候，站上屋顶，高举手机，尝试着接收信息。

这也是牧民的建议，他们说，这里的信号，是风刮来的。

除此之外，老刘的手机，都是关机状态，因为这里，除非动用发电机，否则无处充电。

让老刘无语的是，当他回到沙旗时，连小谭和老宋都知道他在牧场的花边新闻了，还有声有色地"还原"了淇格淇的面试场景：

"来，你转一圈我看看。"

"刘总，我好看吗？"

"嗯，好看，就你了。"

"谢谢刘总，今晚我就帮你暖被子吧。"

"这个，可以有。"

"哈哈哈哈，这帮孙子，这么传我的吗？"老刘笑得无可奈何。

"老实说，老大，你到底有没有啊？"老宋一脸期待。

"这你也信？没有的事。"老刘一脸无语。

"你看，你看，老大你演得挺好呀，绝对有！"老宋死缠不放。

"行了行了，说正事吧。"老刘摆正脸色，平息了情绪。

根据两人反馈，这段时间，大多事情都还算顺利。

小谭这边，基金的困难在于沙旗从未做过，所以，小谭几乎是手把手地先教当地怎么做，然后再一步步推进，形象点儿说，就是客队得先教会裁判和主队游戏规则，然后才能一起好好上场踢球。费劲是费劲了些，但好在主导权落到了客队手上。

研究院的章程、协议框架等基本稳定了，打算任命谷博士为副院长，院长还是由老刘兼任，争取申报成为省一级的产业研究院。根据谷博士的构想，项目名称就叫"1234"，研究课题就是如何通过科学养殖，培育出能生产 12 微米细、34 毫米长的极品羊绒的绒山羊。

至于投入，谷博士给出的保守数字是三百万，含临时实验室的建设，含显微镜、测试仪等必要设备的购置，含他自己及两个在读硕士的酬劳，以及整个课题研究过程中产生的其他费用等。至于实验样本，就直接由大牧场提供，不算在内。

老宋那边，市场在逐步拓展，但凡用得上高端羊绒的主流服装商都有了联络人。不过，现在一没样品，二没规模，所以很难有实质性的突破。

品牌打造的事，还需要一些时间，但据品牌方反馈，近期便能给出第一版方案。

至于羊绒哈达，倒是所有战线中推进最快的，赫兰亲自牵头设计，龙国兵重组产品生产线，包装等着品牌方案的落定，羊绒衫的拆解已在进行。老宋说，龙国兵确实牛，同样的羊绒衫，在他手上，能拆出六条哈达来，大家都明白，每件多出一条，每条价值六百，六千件，这就是六百六十万。

"我们那位月薪一万的职工董事呢？"老刘问。

"一边干财务，一边跟着我跑市场和品牌，一边跟着小谭弄基金，一边跟着赫兰搞设计。"老宋耸耸肩，"七窍玲珑，无所不能。"

"哦……"老刘点点头，再无疑问。

返旗第二天，老刘便直奔改良站而去，他要找老尕。

老宋说，论心眼，老尕已是极品，可怎奈遇上了王者老刘，在他俩相遇的第一天，便胜负已分。只不过，老尕败得不那么难看罢了。

这次回旗里，除了要多买几个充电宝外，老刘还带着一个重要任务，他要找个帮手，一个了解牧场、精通技术，还能信任的伙计。

因为接下来，大牧场将面临筛羊、分群、兴建和重修管理制度等大量的具体工作，活儿牧民可以干，但主意，得有人出。

老尕在办公室的沙发上躺着，抽着烟，皱着眉，望着天花板，琢磨着自己的心事。

老刘敲敲门，径直走了进去。老尕先是吓一跳，跟着便挂出标志性的笑容，卑微而阴晦。

"刘总！哎呀！稀客稀客！"老尕几乎是蹦起来招呼老刘的，"快坐快坐！真是难得！有事你吩咐嘛，还专门跑一趟，看把我吓的！哈哈哈哈！"

"尕站，长话短说。"老刘笑了笑，"接手大牧场后，我们财务说，这牧场前些年的账有问题，这事儿你清楚吗？"

老尕闻言一愣，突然安静下来，缓缓吸了口烟，又轻轻弹掉烟灰，才看向老刘，不紧不慢问道："什么问题？"

"你不清楚？"老刘面带三分讥讽。

"不清楚。"老尕面带三分无赖。

"谁清楚？"老刘面带三分问责。

老尕又吸了口烟，轻轻弹掉烟灰，才又缓缓答道："哒楞。"

"好！我找他！"老刘起身便走。

老尕看着老刘来去匆匆的背影，眉头皱得更紧了。他不明白老刘这是什么意思，难道他觉得，就这么上门来兴师问罪，自己能承认？还是他觉得，他能从自己这里找到点儿蛛丝马迹？他老刘不像这么蠢的人啊……

老刘确实不蠢，他根本就没打算跟老尕纠缠那本烂账。他是来找帮手的，至于谁是合适的帮手，老尕刚才，已经告诉他答案了。

老尕的自己人，他不会出卖，至少现在不会。

不了解牧场的人，他不会乱说，那是在给自己上套。

那他说出来的人，就自然是老刘要找的了。

事实证明，老刘一击即中，哒楞，就是那个老刘最需要的帮手。

哒楞四十不到，身材微胖，在改良站工作十几年，技术过硬，苦活儿干尽，却始终得不到提拔。最后还是靠着工作年限，给了他一个特派技术员。无他，唯清廉耿直尔。

老刘也是后来才发现，哒楞不是不喜欢钱，他很喜欢钱，但比起钱来，他更喜欢羊。他也不是不喜欢权，他很享受权，但比起权来，他依然更喜欢羊。

要吃牧场的钱，牺牲牧民的利益，是不可能的，因为他们会闹事。羊不会闹事，所以只能牺牲羊。哒楞做不到，由此成了老尕手下的异类。

不过，自从被老刘选中那刻起，他的命运，便迎来了人生最大的转折。

• 第六章 •
草原羊王

"羊怎么选？"

"选好牧户，让牧户自己选。"

"牧户有必要动吗？"

"大都还行，但该动得动。"

"哪些要动？"

"你会知道的。"

"我那个四千五百只的计划合理吗？"

"可以。"

"那群怎么分？"

"二百只一群。"

"一百五十不行？"

"不划算，也没有必要。"

"为啥？"

"每群得配一间屋、一个库、一个圈、一口窖，有条件的还得打口井，群多羊少，不好管。"

"但原来就有二十九户。"

"有些没库，有些没窖，大多没井。五千七百只羊，能养好的，不足四千只。"

"二百只一群的话，多出六户怎么办？"

"遣散。"

"好遣散吗？"

"得有充分的理由。"

"嗯……建库修窖打井这些贵吗？"

"库八千，窖两万，井不好说。"

"为啥？"

"看深度，一米一千。"

"一般打多深？"

"一百二十米。"

"一百二十米？！！"

"浅了不出水。"

"一口井十二万？"

"打三口，出一口。"

"啥意思？"

"选三个可能出水的位置打下去，平均下来，只有一口能出水。"

"三十六万……一口井……"

"不止。"

"什么？！"

"一百二十米是起步价，大多要到一百八十米。"

"为啥？"

"一百八十米都未必出水，只是再向下打，即使出水，也不能喝了，含矿太高。"

"……就像刚进去那口子一样？"

"嗯，那就是一百八十米，但一周也就能出四吨，不够两群羊喝的。"

"那牧场还需要打多少口出水的井？"

"四口吧。"

"每口按五十万算，二百万？"

"嗯。"

"买水的话，我看一年只要八万？"

"六万就够。"

"好！"

"打井旗里有政策，每年送三口。"

"出水的？"

"打的，自己选地方，出不出水都三口。"

"也行……"

"场子的管理制度得重新定。你有好的建议吗？"

"这个复杂一些。"

"这事你能做吗？"

"做肯定能做，但毕竟不是动嘴皮子，不能白做。"

"这样，聘你当场子顾问可行？每月一千，不影响你现在的工作，有事多指导，没事钱照给。"

"两千，我分一半精力给你。"

"至少每月下一次牧场？"

"成交！"

老刘发现，在这个地方，只要是你不想给人发工资，又想用他的话，顾问是个特别好使的招。因为这里的人大多朴实，收了你的钱，就真干活儿。

哒楞就这样成了老刘手下的第三个顾问，跟淇格淇和朝场长一起，形成了大牧场的铁三角。

就在老刘带着哒楞准备下牧场开展筛羊和分群工作时，收到了淇格淇发来的短信，只有一句话："快来！牧场有人偷换羊！"

老刘给哒楞看了眼短信。

哒楞想了许久，说："刘总，你要不要干一把大的？"

"什么？"

"给大牧场建立一套完整的绒山羊数据库！"

"怎么说！"

"筛羊分群后，给每只羊打上耳钉，然后量体记录，形成一套台账。含羊的年龄、性别、身高、体重、体长、肩宽等。牧场每年搞一次普查，记录数据。一来避免再发生偷换羊之类的事，二来也可以掌握羊白白的具体生长情况。"

老刘想了很久，说："哒楞，你要不要干一把更大的？"

"什么？"

"给大牧场建立一套完整的绒山羊溯源体系！"

"怎么说？"

"按你的思路不变，在此基础上，给每只羊分配一个二维码，印在耳钉上，除上述基础数据外，增加身份照、身份号和生产数据，包括绒产量、绒细、绒长等。另外，再增加配种和产羔数据并进行关联。从明年诞生的羔羊起，只要一扫它的二维码，便能查到它祖祖辈辈的所有情况。这样，通过代代甄选，优配优育，最终培育出一批极品种公羊！"

"好！好！好！"

"这事儿你能帮我？"

"除了我，没人行！"

"不用额外加钱吧？"

"把找人建库的活儿给我就行，我吃回扣。"

"哈哈哈哈，好，成交！"

　　"死鬼！"盘坐在场站屋顶，拿着手机，淇格淇咬牙切齿地骂了句。

　　自从当上场长，为尽快了解牧场情况，给老刘当好帮手，她里里外外地将整个大牧场转了三圈，走遍了每家牧户，看遍了每群羊，连摩托车的油都烧了几箱。

　　可就在转到第三圈时，她发现有些牧户的羊，跟之前的相比出现了明显的变化，体格小了，身子瘦了，甚至还新出现了残病羊。

　　羊被调包了！淇格淇第一时间得出结论。

　　是啊！原先是自己承包的羊，现在突然变成了刘老总的羊，这时候不调包，啥时候调包？

　　淇格淇当即跟出现调包情况的牧户争吵起来，嚷嚷着要扣发工资，甚至开除他们。

　　牧户哪能承认？虽然大家心知肚明，但你无凭无据，我打死不认账，你又能怎样？况且你一个外来的小屁孩儿，刚当个场长了不起？爷爷开始牧羊时，你羊奶还没吃上呢！

　　淇格淇脾气暴，性子直，跟牧户一通发火却又得不到说法。一来觉得对不住老刘给她这个场长，二来又深感孤立无援，这才赶紧跑到场站给老刘发了个信息。

　　好不容易等来老刘的短信，却只有一句话："找朝场长帮忙，看好羊等我，我有事晚两天下去。"

　　到底是你的羊还是我的羊啊！有什么事比看好羊更重要啊！好不容易发出个信息，除了羊，你就没点别的话说了吗！鬼才给你看好羊呢！还等你？老娘懒得理你……

　　嗯……等我……这是什么意思呀？是……想我了吗？让我等你来……嘻嘻……算了，不看猪面看羊面，睡了你的人，再白拿你的钱也不好，我还是管管吧……

想到这里，淇格淇翻下屋顶，一脚油门，奔着朝场长去了。

当老刘带着哒楞和小姜抵达大牧场时，淇格淇和朝场长已杀好一只羊，在场站等着了。

据淇格淇说，她能明确判断出来的，之前有近十户牧民偷换了羊，后来经她闹腾，又有了朝场长出面，虽然没能挽回损失，但也制止了此事扩大蔓延。

现在，就等老刘说怎么办了。

"这事先放一放。"老刘话还没说完，淇格淇差点儿没把桌子掀翻，"啥？这事都不管！那还养啥羊了！"

"你坐下！"哒楞一句话把淇格淇镇住了。老刘她不怕，因为他是她的男人；哒楞她怕，牧民们都怕，因为人家懂羊，有技术，做事还挑不出理来。

"你放心，只要换出去的是好羊，我就一定能让它再回来。"老刘劝慰一句后，跟着说道，"接下来，我们可能要进入两个月的忙碌期。"

"这两个月，会有非常多的事要做，你们要有心理准备。"老刘看了眼憋着气的淇格淇，徐徐说道，"第一件事，我要你们帮我选出一只整个草原上，体格最健康，毛发最漂亮，气质最出众的种公羊来！我们要选一只"沙旗羊王"！"

大牧场的七月，是最宜人的季节。朗朗晴空，微风送爽，草垛子上零星点缀着些小花，小得看不见，得蹲下来才能分辨。

哒楞说，这已是沙旗最友善的月份了，大风刚刮过，酷暑还没来，也就趁着这一年中的间隙，草原才得以生息。若是能再有场雨，整个这一年，牧场都会好过许多。

老刘也听牧民们说起过类似的话，在这个地球上最干旱的地区之一，下雨，就是下钱。

"看这草。"哒楞蹲在地上，指了指一株很小的单叶草，那草一根小指长，灰绿灰绿的，看起来了无生气。

"这叫一夜草。"哒楞捋了捋草叶，站起身来，"冬也好，夏也好，平时一年四季都长这样，唯独遇上雨，哪怕只是很小的几滴毛毛雨，便会疯狂生长，只用一晚的时间，就完成开枝、散叶、开花、结果和爆籽的繁衍全过程。

"有时头天晚上落了几滴雨，第二天清晨起来一看，嗬！整个草原都变了样，那便是一夜草的疯狂生长所致。可是很快，到中午些，草原又会恢复原样，唯一不同的是，边边角角处，会多出些不知名的小苗子。

"你知道，为什么这里是最好的牧场吗？"哒楞面露骄傲，"因为这里的草，固执、坚韧。

"肥水，是养不出极品绒山羊的！"

此刻的哒楞，目光深邃，语气坚定，比起技术员，更像个哲人。

"你知道的，同是羊绒，也分优劣。这跟山羊生活的环境息息相关。一般而言，冬季越寒冷，越漫长，昼短夜长，温差越大，生存环境越恶劣的地方，山羊所产出的羊绒，就越细越长，品质也就越高。

"而且，体格较小的山羊，通常也会产出品质更优的羊绒。"哒楞叹了口气，"沙旗白绒山羊，恰巧就符合生产优质羊绒所需的全部条件。

"这里，冬季寒冷漫长，温度低至零下三十摄氏度，夏季高温酷热，温度高至四十摄氏度，常年大风，几乎没有降水。

"在这片大陆上，除了牧民，就生存着两种动物，一种是骆驼，另一种就是山羊。

"至于植物，能在这种环境下生存下来的，也屈指可数。

像塞上那种草原，放到这里，熬不过一天。

"最好的羊，配最好的草，才有了这最好的大牧场。"

哒楞说完，忍不住仰天长叹，不知是在为这片大地的命运惋惜，还是在为这片大地上的生灵赞叹。

老刘看着哒楞，渐渐开始明白，为什么他跟老尕永远都走不到一路了。老尕就像这天，从未可怜过这大地上的生灵，哒楞就像这地，从未放弃过这怀抱中的生命。

不过转眼，哒楞就将老刘从云端拉回了地面。

"这个肥！"哒楞迈着螃蟹步，张牙舞爪地往地上一扑，等拍着尘土站起身时，右手居然抓了只鸟，长得像鸽子，披着灰褐色的羽毛，肚子圆鼓鼓的。

"沙鸡子？"小姜持着根棍，手上还掐着条蛇，走了过来。

"哈哈哈哈，肥吧？"哒楞乐得眼睛都笑眯缝了。

"肥！"小姜也咽了口唾沫，手上的"蛇羹"顿时不香了。

"走，再弄点儿山货去。"哒楞手在沙鸡子脖子上一拧，肥家伙便上了西天。小姜也在地上找了块砾石片，随手就把蛇剐了。

在老刘的无语中，一行三人向着牧场边缘走去。

严格说来，牧场有三个边缘，一边是沙漠，一边是戈壁，一边是牧场。哒楞所谓的山货，自然是去戈壁里寻了。

一个下午的扫货，让老刘见识了什么叫"惊喜"。

哒楞说得不对，这片大陆上，除了牧民、骆驼和山羊，以及刚才出镜的沙鸡子和蛇外，还有很多动物，吃不了的先不说，光能进嘴的，就有野鸽、野兔和刺猬。

再说，植物中的食材，能在这里活下来的，均堪称"仙宝"。

行至戈壁，沿着垂直的崖壁，慢慢向上爬，渐渐就能发现沙漠中最有营养的三宝之一——锁阳。这是一种生活在峭壁上的植物，只冒出一点儿小小的头来，不易察觉。找到头后，深挖下去，便能挖出一根小黄瓜差不多样子的东西来，这便是锁阳了。吃起来，口感和味道很像人参，据说营养也不赖。

揣着锁阳，小心翼翼地下到崖底，就可以拐向沙漠。遇上荆棘，千万别放过，虽然这东西只有骆驼能吃，但荆棘丛中常常共生着沙漠三宝中的另一样——苁蓉。这是一种寄生类植物，口感和样子都多少有些像灵芝。

最后，来到牧场和沙漠交界的地方，寻找沙漠三宝中的最后一样——沙葱。这是一种生长在沙漠边缘的蔬菜，长得像传说中的神仙草，味道非常可口。只可惜这种蔬菜太难采摘，一小撮一小撮分布很零散，而且一下锅，便缩水得厉害，三人采上小半天，也就够一顿酒的。

寻够野味，凑齐三宝后，夜幕也渐渐降临。丰收三人组趁着天没黑，一路跑回草原，抢过遇见的第一个牧民的摩托，一溜烟儿杀回了场站，奢侈地拉燃发电机，配着羊肉，妥妥地搞了一顿饕餮盛宴。

酒肉间，淇格淇也来过一趟，老刘从她眼中看出了点什么，但没法应——小姜好打发，但总不好把哒楞赶去牧户家吧。

所以，老刘装作什么也没有看出来，该吃肉吃肉，该喝酒喝酒。淇格淇敬了几人一圈酒后，走了，关门的劲道，差点儿把房子震垮。

不知是山货霸道，还是三宝给力，第二天，几个中青年二货都是流着鼻血起的床，把被子染得跟干了多大坏事儿一样。

"刘总，你怎么样？"小姜一边低头用水拍着后颈，一边问道。

"还好。"老刘弯着腰，一动不动看着血滴从鼻尖落入沙土，他已经止血止累了，不想止了，且让它流一会儿吧。

"哒楞呢？"老刘没见人。

"好像找夹子去了⋯⋯"小姜抹了把鼻血，"他说要把鼻子夹起来⋯⋯"

到得下午，淇格淇又来了。这次不同，她没骑摩托，换了匹马，一匹漂亮的高脚马。

为了避免引发疫病，牧场里通常是不允许养其他任何动物的，包括鸡、狗和马在内。但场长除外，场长可以养一匹马，这算是约定俗成的场长特权吧。

看着马上那劲爆的身材，三人的鼻血差点又喷了出来。这娘们儿，真要命啊！

"刘总，我教你骑马呀？"淇格淇一弯腰，将手递到了老刘跟前。

老刘哀叹口气，将手送过去，踩着马镫纵身一跃，坐到了淇格淇身后。

"走啦！"淇格淇跟哒楞和小姜挥挥手，就这样当着他们的面，把他们的老板拐走了，一夜未归。

当老刘第二天睡醒时，淇格淇已经去忙活羊的事儿了，简陋的"闺房"里，还弥漫着不可描述的气味。

桌上有一个煮好的鸡蛋、一盒牛奶和几块煮熟的冷羊肉，这通常已是牧民最丰盛的早餐。

就这样，老刘白天跟着哒楞和小姜四处糟践，晚上则跟着场长认真学"骑马"，有了这哼哈二将和淇师傅，他的牧场生活，似乎也没有那么枯燥了。

时间过得很快，就在老刘快用完第九个充电宝时，场长告诉他，草原首届羊王选拔擂台赛，可以正式开始了。

"爷爷，他们在干吗呀？敲锣打鼓的，好热闹呀！"

"喔喔喔，说是选个什么羊王嘞。"

"羊王？"

"是咧，搞了个擂台，让大家伙儿把自己的羊白白牵过来，比谁家的好看，赢了的人有奖！"

"哦……奖金多吗？"

"你个财迷子，多能咋？咱又挣不下！"

"为啥呢？"

"人只要公羊！育种咧！"

"哦……那咱过去看看热闹行吗？"

"咱娃想看热闹，那走！爷带你去见识见识！"

就这样，传遍大草原的首届羊王选拔擂台赛，在锣鼓喧天、鞭炮齐鸣中，正式揭幕。

蛮绒是主办方，老刘是主办方代表，淇格淇是主持人，哒楞是技术官员，包括朝场长在内的，各大牧场的场长是裁判。牧民以户为代表，将自己挑选出来最健康、最好看的公羊，挨个牵到擂台上进行介绍，并全方位展示，然后由裁判当场打分。

赛制很简单，得分靠前的百分之二十，划入 A 组，进入决赛圈，争夺一、二、三等奖，未获奖的，也有一定的现金奖励；得分随后的百分之三十，划入 B 组，可以获得纪念品；剩余百分之五十，直接淘汰。

整个比赛，由技术官员全程监督，如有质疑裁判打分不公的，可以申诉。

至于奖金和奖品，将在比赛结束后，现场发放，一分不欠，一天不拖。

草原上很无聊，牧民们都爱凑热闹，再有这种好事，自然奔走相告，一传十、十传百，但凡家里有个带种的，早都在擂台开赛前好几天，"磨刀霍霍"向公羊了。

来了多少牧户，上台了多少只羊，老刘实在是记不清，但每只羊上台时都要响一下子的锣声，真的已成了他的噩梦。一直到比赛结束之后几天，老刘都会在半夜里突然惊醒，脑海里回荡起"哐当——哐当——哐当——"的喜庆锣声。

羊王最终被选了出来，一只三岁零三个月，来自巴根兄弟家的种公羊，羊角对称有型，腿粗体壮，肩宽脊平，毛色亮得发光，均匀而柔顺，往那里一站，便不自觉地昂起头，一种谁谁都不服的气质，瞬间拉满。

第二、第三，以及A、B组的所有参选选手，也都相继进行了登记。

老刘站出来，发表了一番感天动地的致辞，并将大小红包当众挨个发到了A组选手的手上。至于B组的纪念品，就在台下登记时，由小姜随手发放了。

当牧民看完热闹，准备带着羊离开时，淇格淇叫住了大家，并宣读了蛮绒对优质种公羊的收购政策：

前三名，收购价分别为两万、一万和五千。

其余A组选手，收购价为三千。

所有B组选手，收购价为一千五。

愿意卖的，当场成交；暂时决定不了的，可以事后再来，收购价不变。如果还有家里有羊没有来参赛的，也可以拿来由蛮绒评判认价收购。

只有一个限制条件，总数三千，收完即止。

一时间，牧民们当场就沸腾了，不说一、二、三等奖的幸运儿，现在市面上一只正值壮年的健康种公羊，顶天也就值八百，通常连六百都不到，但现在只要进了A组，就等于翻了三四倍，哪怕只进到B组，也都直接翻了一番啊！

这大公司就是人傻钱多，有这好事儿，那还说啥呢？擂台瞬间被围了个水泄不通，卖羊热潮，来势汹汹。

老刘看着狂热的牧民，笑了，哈哈大笑。

当初老尕为了吃钱，把大牧场种公羊的售价定得很低，蛮绒收购评估时，只评估到了四百一只。

这次羊王选拔擂台赛，上台参赛的，绝大多数都是大牧场的种公羊。一来本身大多的公羊都养在这里，其他牧民手中的只是少数；二来地大路远，羊多了不便带，只能精选出一两只最好的。

所以表面上说是大收购，其实 A 组、B 组里的大部分乃至羊王都是蛮绒自己的资产，哪里还用再花钱买？

反倒是牧民手中为数不多的最好的种公羊，通过这一役，尽皆收归了蛮绒大牧场。

还有一件事，老刘谁也没有说，因为这里的人，没有人能懂。你说，当初蛮绒用四百一只买的羊，现在经这一波高价收购后，它该值多少？

钱没花多少，优质种公羊包圆儿了，大牧场的名声出去了，种公羊的身价抬高了，还把草原上的牧民笼络了一番，这种"傻"事，他老刘不做，谁做？

转身取下三脚架上的摄像机，取出储存卡，小心收了起来。这个东西，他要给到老宋，剪成纪录片，散播出去，让未来蛮绒的高端客户们知道，沙旗最好的羊在哪里！

事毕，老刘跟哒楞、小姜、淇格淇和朝场长打了声招呼，跨上刻意让淇格淇牵来的小骏马，踏着小碎步，一步一步，一步一步，向牧场远处溜达去了。

擂台结束了，但今天晚上，他们还有更重要的事——大整顿！

对啊，羊是到手了，可别再让人调包。所以几人提前便做好了周全的计划，就今天晚上，一个通宵，将这批最好的种公羊，全部打上耳钉，并当场分群后，交给牧场最老实的几户牧民，连夜赶回去。

同时，以迅雷不及掩耳之势，对大牧场展开大整顿，迅速淘汰牧场上质量较差的羊，最终降至四千五百只，分为二十三群，并将多出的六户牧民，逐一解聘。名义上就是谁家羊养得差，就解聘谁，实际上，被调包过的羊群，必然是最差的了。

今夜一过，大牧场便天下可定。至于测量山羊数据、建立溯源体系、改革管理制度等具体事务，就轮不到他刘大老板操心啦！

"啪！"一滴水，落在了老刘脸上。老刘愣了愣，心跳突然开始加速。

"啪！"

"啪啪！"

"啪啪啪！"

"啪啪啪啪！"

"啪啪啪啪啪……"

"下雨啦——"老刘再也忍不住，高呼着，在这漫天飞雨的草原上，策马狂奔起来。是的，淇格淇虽然"心术不正"，但却真的教会了老刘骑术……

下雨，就是下钱，今个儿草原上，下了两场钱。

大牧场在独守千秋之后，终于迎来了它最灿烂的光景。

·第七章·

狼烟四起

　　老刘回到沙旗，将牧场的事，跟赫兰和牛卫东分别做了报告，两位股东颇为高兴，嚷着要自掏腰包请他和他的团队吃饭。老刘拒绝了，订了一桌上好的饭菜，请三位股东出席，感谢他们一直以来的支持。

　　孟青开始说不来，之前，每次老刘要跟她报告什么事，她都没心思听。不过，后来她也来了，应该是赫兰请的，她不得不来。

　　老刘告诉众人，这次吃饭的钱，是老天爷赏的，因为一场大雨，给草原上的牧民带来了信心，所以添置羊的人多了。加上蛮绒之前选羊王闹那么一通，水涨船高，大牧场淘汰出去的羊，也身价上浮，从之前的最高八百元，卖到了平均八百元，且不说牧场估值翻了几番，光现金流，便已转正了。

　　老刘没有说的是，这也是牧场近很多年来，现金流第一次为正。难怪沙旗当初那么支持蛮绒收购大牧场一事——这可是千载难逢的冤大头啊！

　　但老刘花这一顿心疼钱，请三位大佬来，自然不是为了表功。他可以预见的是，在这个"秩序井然"的地方，一旦牧场赚了钱，不知道有多少牛鬼蛇神会从哪些犄角旮旯爬出来，疯狂啃食。用脚指头都能想到，以前大牧场瘦成那样，还是国有，都有蚊子一直在吸血，就更别说现在了。

三位大佬都是聪明人，老刘一点，便明白了，聪明人之间的谈话，就是省心，于是众人再不提公事，只聊风月。

席间，还发生了一个小插曲。众人吃到一半，进来个体面男子，抱着个皮箱，来到孟青跟前，非常自然地跪了下去，并将箱子揭开后，托在手上，里边全是珠宝首饰，琳琅满目。

孟青挨个儿把玩了一圈，扔出几件后，将箱子留下了。跟那人过了一阵手势后，男子点点头，拿着淘汰出来的几件首饰走了。

老刘在向孟青敬酒时，很"没有眼色"地悄悄问她那些个手势代表多少钱。孟青白了老刘一眼没理他，却又在过后，私下发来信息："780，450，750，450，700，460，680，460，650，480，650，480，650，500。"

有钱人的世界啊！老刘心里苦笑一声。之前他们四人，劳心费力奋斗两年，总共也就差不多奔出来这么点儿，够一个小大佬随手买一次珠宝的……

想到这里，老刘突然想起，小唐的小孩早该生了吧？怎么没个信儿？他转头问小谭，小谭说，儿童节那天，他们刚到沙旗第一次跟三位大佬喝酒那晚，他就收到了小唐发来的信息。

"为什么不告诉我？"老刘颇有些不快。

"小唐说，如果你问起了就说，如果没问起，就算了。"小谭一脸为难。

老刘听后，再没有说话。

一场醉生梦死的大酒后，赫兰给沙旗当地去了个信儿，说要给领导们全面汇报下蛮绒科技重大产业项目当前的推进情况和存在的问题。

领导们自然是愿意听的，但既然是"全面"的，那涉及蛮绒科技也包括大牧场相关事务的各相关部门，也都参会在列。

大佬们坐镇，手下们助威，汇报这种事，自然是老刘这个搭讪艺术家来。

先是高举高打，天马行空，将蛮绒科技的宏伟蓝图掏出来祭了个祖。

再说当下进展，牛皮吹满天，将各条战线的重要成果摆出来支了个摊。

然后才谈所需的支持，哭爹喊娘，将难为之处漫天要价，列出来摆了个烂。

这是龙国兵和沫雪第一次见老刘舌灿莲花，深受震撼，没想到一个人可以不要脸到这种程度，白纸说成蓝图，嫩芽说成果实，一片雪花愣是描述成雪崩，一箩筐无耻的诉求，也硬是包装成了委曲求全。

此人，能成大事！龙国兵一脸鄙视，却欣慰不已。

这厮，真不要脸！沫雪一脸赞叹，却心中鄙夷。

老大，名不虚传！老宋、小谭一脸仰慕，赞叹不已。

老刘汇报完收工后，赫兰和牛卫东先后做了补充，站在为沙旗做事，为牧民谋利，为民族品牌举旗的角度，一抒他们的赤子情怀。

孟青自然没有来，大抵是因为这里不卖珠宝吧。

最后轮到领导们发言，表态支持是坚定的，解决问题是必须的，一点建议是坦率的，寄予厚望是殷切的，完事鼓个掌，落个纪要，抄至各衙，湮没在文山会海中。

走出大堂，送走赫兰和牛卫东，老刘拉着老宋四人站街边就地开了个短会，让大家趁热打铁，全力加快推进各板块工作，一定要赶在杂音发出来之前，尽快突破关键节点，把生米煮成熟饭。

"刘大总裁，活儿都是我们干了，那你都干吗了？"沫雪的口气，根本没把老刘当领导。

"种公羊是搞定了，但还得让我们的种公羊，把草原上的母羊搞定啊。"老刘说话时，刻意盯着沫雪看，嘴角还带点痞笑。

沫雪冷脸一抽，粉拳握成了球，差点儿没忍住：这个人渣！流氓！烂杂碎！

"行了，散会！"老刘手一扬，当没事儿似的，转身接电话去了。

电话，是淇格淇打来的，为打这个电话，她从牧场走小道，骑了一个小时摩托，到四十公里外一座几乎废弃的村镇打来的，语气很焦急，差点儿带出沙旗话。

果然，老刘预料的分毫不差，一场完美的羊王盛宴后，蛮绒"人傻钱多"的消息传遍了草原的每个角落，各路牛鬼蛇神闻到肉味，全都按捺不住，钻出来觅食了。

最初是隔壁牧场的阿凡提，对，就叫阿凡提。因为他长得特别像阿凡提，所以，后来大家就直接管他叫阿凡提了。

阿凡提不养羊，养骆驼，养了很多骆驼。原本两个牧场隔着围栏，互不干涉。可大牧场经蛮绒一改革，由五千多只羊缩减成四千多只后，趁着牧场还没来得及重新划地建群，阿凡提便拉开围栏，将他的骆驼群放进了大牧场。

山羊哪能惹得起骆驼，很快一大片草原便被骆驼霸占。淇格淇上门找阿凡提理论，结果那个坏老头子根本就不理她，自顾自地喝酒吃肉，任骆驼在大牧场里糟践草原。

紧跟着是老齐，老刘对这人有印象，来应聘过场长。这人之前一直放的是母羊群，虽然没能祸害到大牧场的种公羊，但在羊王擂台赛后，开始变本加厉地不断偷换好羊。据说，在大牧场隔壁，他自己也承包了一块小牧场，他老婆在那边养着他们自家的羊，想来，好羊都到他自个儿场子里去了吧。

据淇格淇说，现在老齐那个母羊群，连看都没法看，别说在大牧场了，放到草原上任何一个地方，都绝对说不过去。

然后是蒙蒙趷，别笑，这个蒙蒙趷一点儿不好笑，是大牧场周边唯一的医生，赤脚医生，用草药和风沙治病的那种，医术怎么样先不说，下手是真黑。按牧民的说法，他家就是屠宰场，羊去劈条腿，人去扒层皮。

蒙蒙趷本来不养羊，但这场大雨和羊王擂台赛激起了他的贪欲，从大牧场买来一群淘汰羊后，"救死扶伤"之余，也放起了牧。结果发现自家没井，于是便叫来一辆水车，从大牧场的井里抽水，一车二十吨，生生把牧场一口井给霸占了。

淇格淇本想把井口锁上，结果蒙蒙趷放了狠话，谁要敢锁，他就去大牧场的井里投毒，让大牧场尸横遍野。

除此之外，还有检疫站卡住淘汰羊不让过啊，执法队来检查草畜平衡恶意刁难啊，改良站来信威胁说，牧场私有后要取消各类政策补助啊，诸如此类的难题。

总之，按淇格淇带着哭腔的脏话说，羊卵子都比这帮人干净！

老刘听得满腔怒火，但还是安慰了淇场长一番，让她看好羊，别冲动，他很快就下去处理这些事。

淇格淇虽然应了，但她打心里不相信他能真的应付这摊子事。刘老板确实很优秀，草原上没有像他那样聪明的人，但他毕竟不是草原上的人，草原上的秩序和规则，只靠聪明，没用。

她很担心，担心替老刘管不好这大牧场，担心让老刘对她失望，担心大牧场上的这些烂事会迫使老刘很快败退，到那时，她这一场最美的草原梦，就要戛然而止了。她舍不得，就算到头来依然是梦，她也想继续做下去，做下去，多做一天，是一天……

老刘坐在黑夜中，一夜未眠。

第二天，他去了趟沙旗民俗馆，就在沙旗城角，没多大地盘，说是馆，其实就一合院儿，买上五块钱门票便能进去。进门处贴着张大海报简介，屋里墙上挂着些表演用的服饰道具，剩下便是几个人没精打采地坐在天井里，有一声没一下地鼓捣着民俗乐器，再没别的。

"你们这儿，搞巡演吗？"老刘站在门口，大声问道。

几人一听，眼睛一亮，扔下乐器，热情地围了上来……

从民俗馆出来，老刘便直接下牧场了，车上睡了一路，很香很香。小姜破天荒地开得很慢，而且悄悄地绕了远路，为了不颠醒沉睡中的老刘。

他不爱表达，但他发自内心仰慕老刘。虽然老刘很少跟他说大道理，但他觉得，老刘是看透了大道理的人。他知道，自己永远赶不上老刘，但他觉得，跟着老刘这段时间，他自己都已经不一样了。

老刘的智慧，他学不来；老刘的眼界，他达不到；老刘的魅力，他赶不上；老刘的气魄，他扛不起。但老刘依然把他当朋友，从来没有把他当司机或外人。

他本来决定，把他最大的秘密告诉老刘，但老刘上车就睡了，他不忍心惊扰，便又将秘密咽了回去。

"刘总！"淇格淇收到消息，早在场站等上了，看那焦急又迫切的样子，要不是小姜还在旁，估计早扑上去了。

"没事，我有数。"老刘拍拍淇格淇的脸，"你电话里跟我说的事，都弄清楚了，确实属实，是吧？"

"是！绝对清楚，全是我亲自交涉的！"淇格淇咬紧牙关，狠狠地点着头。

"行了，你找个时间，要尽快，帮我把他们一起邀请来。"老刘看了眼仓库说道，"但在这之前，你必须答应我三件事。"

"嗯？"淇格淇不知老刘葫芦里卖的什么药。

"第一……"

"简单。"

"第二……"

"为啥？"

"别问，照做。"

"好，没问题。"

"第三……"

"为啥？你要干吗？"

"说了别问，照做！"

"不行，你得告诉我！"

"你做不做？你不做我让别人做！"

"……"

"给你三秒……"

"我做！"

淇格淇不知道老刘到底要干吗，但至少跟她想的很不一样，而且，还让她非常担心，甚至说，比牧场本身出的这些事，要让她更担心。

但她是草原上的女人，说到做到。

于是她当即便拖着死皮赖活的小姜，把仓库里的东西收拾出来，暂时放进站房，完成了老刘下达的第一道命令。

翌日一早，她便骑上马，来到牧场边缘，悄悄将一只落单的骆驼套住，偷偷牵回场站，关进了仓库。这是老刘下达的第二道命令。

跟着，便换上摩托，挨个将阿凡提、老齐和蒙蒙趷请到大牧场，说是刘总要请他们吃肉。

三人乐呵呵地跟着淇格淇来到场站，心想这是刘老板要跟他们搞关系，求他们来了。于是各自窃喜地盘算着，这回，该讹讹，该谈谈，该赖赖。总之，不能少赚。

老刘听闻三人到来，打着哈欠从屋里走出，马马虎虎跟三人打个招呼后，拉开了仓库门："进来说话！"

三人有点儿丈二和尚摸不着头脑，为啥要进仓库说话，但见老刘进去，于是也跟了上去。

淇格淇见老刘给自己使了个眼色，虽然非常担心，但都到这个节骨眼儿了，总不能给老刘掉链子吧？

于是，等蒙蒙趷最后一个进去后，她突然从外面推上了门，门闩一插一扣，大声说道："刘总，好了！"

只听老刘在里面恶狠狠地说了句："今天，我请你们吃肉！"

言罢，一声惨叫石破天惊，震天骇地。就连在仓库外的淇格淇都吓得差点儿灵魂出窍，一连退出好几步。

就在她回过神来，几步抢上前准备拉开门闩时，仓库里再次响起一阵阵高亢的咆哮，还伴随着一群人惊恐的尖叫。

淇格淇搭在门闩上的手，停住了，因为她突然听出这咆哮，来自骆驼，人，怎么可能发出这么浑厚的惨叫？突然，她什么都明白了，头皮如触电般发麻，背脊也冷汗淋漓，但她的手，却终究还是收了回来。

"开门！开门！！开门！！！"里边的人杀猪似的大喊大叫拍着铁门，身后还传来骆驼撞墙、挣扎、踢地的嚎叫。甚至透过门缝，淇格淇都能感受到仓库里的温度在急剧攀升。

"吃肉！我请你们吃肉！！我请你们吃肉！！！"老刘的

喊声不大，却显得有些怪异，像是一只丑陋的魔鬼，行走在寂静的小道，寻找他丢失的心脏。

伴随着老刘的吼叫，骆驼的嚎叫，一声接一声，像被撕破的厚布，扯得淇格淇的心都要碎了。

骆驼低沉地哀嚎了一声，应该是想要逃，挣扎着，拖着沉重的身躯冲向大铁门，惊走了三个大汉。

轰的一声，手指粗的门闩差点儿被弹飞，屋檐上甚至被震起一层尘土。骆驼终究还是没冲出来，但许多暗红色的血沫却从门缝喷出，溅在沙土上，冒起黏稠的小泡泡。

又过得一会儿，铁门里没了声响，淇格淇透过门缝往里看，有些暗，不太看得清，但能瞧见三人肩并着肩，贴着墙壁，盯着地上的一堆庞然大物，大气不敢出。

"淇淇，开门。"意外地，老刘居然用了只有两人亲密时才会唤起的昵称。

淇格淇没心思想那许多，赶紧抽掉门闩冲了进去。只见老刘站在深暗处，背着铁门，低着头，呆望着地上腹部犹在起伏的骆驼，满身是血，手上，还反握着一柄钢锥，半尺长的钢锥。

他就用这么一柄半尺长、鞋带粗的钢锥，活活刺死了这片草原上最大的动物，而且，连绳都没系。

"你疯啦！——"淇格淇再也忍不住扑过去，一耳光后，夺下了他手上的凶器，眼泪流得比那场雨都急。

老齐三人缓过气来，看了眼老刘，没敢说什么，转身向外走，准备先撤了再说。

"等下！"老刘突然开口了，三人一震，整齐划一地转过身。

"肉还没吃呢，干吗走？"老刘将淇格淇搂到一边，用手指了指地上的骆驼，"谁会剥皮？"

"哇——"蒙蒙跶终于忍不住，当场吐了出来。

"刘老板，你这个……"老齐连自己也不知道自己想说什么。

"刘老板，这个驼……"阿凡提的脸色最难看，有话想说，但又不太敢现在说。

"这个驼我买了。"老刘脱下衣服，擦了擦脸上和手上的血，"来都来了，肉你们得吃了再走。"

老刘牵着淇格淇，从三人跟前走过，默默扫上他们一眼，讥笑一声，淡淡说道："大牧场，有意思。"

当小姜被叫来帮忙收拾仓库时，惊呆了。仓库里，躺着一峰半吨重的死骆驼，血流了一地，墙上也是，门上也是，到处都是。还有件溅满血的衣服，好像是刘总的。衣服旁，扔着柄钢锥，椎尖闪闪发光。

老齐三人自然没留下来吃肉，连连告罪后，仓皇离开了。

阿凡提在返程路上，顺便将自己的骆驼赶回了自己牧场，还将围栏锁上，查验了好几遍。

蒙蒙趷回去后，联系了工程队，给自家修了个水窖，定期从外边买水往里灌。

老齐回去跟老婆商量了下，主动跟淇格淇提出了辞职，理由是自家的羊养不过来，这份钱挣不下。

当夜，淇格淇一晚没睡，伺候老刘入眠后，坐了起来，借着月光，静静看着这个细皮嫩肉、一脸疲惫的城里人。

草原上的日子，原本是一成不变的，几千年都如此，一阵风的改变都能成为半天的话题。可老刘的出现，带给她的意外实在太多了，或惊喜或震撼。羊王擂台的事，让她觉得，这个男人她高攀不上，可血屠骆驼的事，却又让她觉得，这个男人应该属于草原。

那可是骆驼啊，半吨重的骆驼，发起疯来，房子都能撞塌。放在旗里的屠宰场，得先将它牢牢捆住，合三人之力将它拽倒，然后用车拖至刀床下，再用厚重的铡刀了结。光放血，就要一小时，接出来的血，有澡盆那么多。

而这个不知天高地厚的疯子，居然将自己锁在小小的库房里，用把没什么用的破钢锥，跟那玩意儿拼命，真的是疯子！纯种的疯子！

她知道，不是为了牧场，老刘不会这么干，但毕竟是她先向他求助的，所以她觉得，他这么做，也多少是为了她。就算真的不是为了她，那也至少是为了她这个场长吧？

想到这里，淇格淇笑了，难得不是草原女人的那种笑，温柔中带着依恋。

笑着笑着，她也有些困了，再多看一下这个小老板吧，他睡觉的样子真的有点儿憨，还有点儿可爱，平日里痞里痞气，私下里却温柔得紧。

唉……这要是我的男人，该有多好……

牧场有牧场的残酷，旗里有旗里的热闹。

就在老刘下牧场的第二天，旗里的民俗歌舞队，吆喝上了。他们一大早赶着大伙儿出门的点儿，吹吹弹弹地也出了门，沿着沙旗唯一的中轴线奔着改良站去了。

队员们打扮得十分隆重，穿得花花绿绿，抱着乐器，背着音响，奏着熟悉的曲子，迈着六亲不认的步伐。队伍前边儿还走着个人，举着一面大锦旗，锦旗上书："吃拿卡要第一名！"

只见队伍一路走到改良站门前，停下了，对着站里就是一顿吹，那声势，那劲头，跟站里有人中了状元似的。引得熙来攘往的人们无不驻足几分，看这到底是唱的哪一出。

改良站里更是一片热闹，大伙儿都趴在窗户上向外望，这啥好日子，怎么还有人给送锦旗呢？可等他们都看清那锦旗上的字后，便全缩回去了，好家伙，谁这么损？搁这儿恶心人呢？有啥话不能好好讲吗？还搞起游街来了！

歌舞队的在改良站奏了几曲儿后，又开始移动了。围观群众这下乐了，看这架势，还没完？

果不其然，没几步远，吹吹打打又到了检疫站，好巧不巧，一到这儿，队伍便又停下了。跟先前还是一样，对着站里又是一顿吹，这次倒好，引得群众朗声大笑：这也太损了，谁请的啊？钱多没地儿用，一大早的挨家挨户送上"锦旗"了。

民俗歌舞队也是，接单生意不容易，干就给人干好。按照老板的要求，送完这两家，又去了趟执法队，甚至还友情多送了一曲，才收工回家。

当天，整个沙旗都传遍了歌舞队上门送"锦旗"的笑话。哪还用问，除了老刘那货，谁还能干出这种阴损无耻的事来？

几个衙门的人很生气，但又不太好发作，人家就是请人在你家门外热闹了一番，又没把你怎么样。就算那个"锦旗"写得过分了些，但也没说是具体针对谁啊。

总不能上门去质问那货，为什么给自己赠"锦旗"吧？那不自投罗网吗？

这个哑巴亏，吃得真是响当当的，简直可以称得上享誉全城！

气归气，但现阶段确实不便再有啥大动作，不然公报私仇的罪名就坐实了。毕竟，之前旗里刚开过会，总的来说，上层对蛮绒还是挺重视的，没必要拿脑袋跟这种要钱不要脸的人去碰。

就这样，经老刘这么一闹，牛鬼蛇神们发现遇上个泼皮无赖加硬茬，只得偃旗息鼓地缩了回去。

牧场，迎来了长久以来，难得的安宁。

·第八章·
公羊快递

当老刘从沉睡中苏醒时，已近晌午。

他从床上坐起，浑浑噩噩看向窗外，老刘发现，整个世界都变样了。

阳光铺洒在沙地上，有些刺眼，但并不讨厌，像一汪热忱得有点过了火的金色泉水，厚厚地盖在草原上，缓缓流淌。

草丛还是依旧稀拉，但并不颓丧，像一团团贪睡的小朋友，只是因为没得玩，才赖着不起。

羊群在远处散步，很远很远，但老刘却清晰地看到了这帮家伙们的讨打样，昂着头，踢着腿，抖擞着一身洁白的毛，成群结队地在草原上悠闲踱步。

天空还是那个天空，蓝得发亮，光生生的，连芝麻大点的斑驳都没有，用力瞅去，似乎能轻易看见二百万光年外的外星人。

翻下床，缓缓着地，浑身酸痛，昨天太用力了——无论是白天还是晚上。

晚事倒还好说，美如画，艳如花，疾风摧嫩芽。

日事可就煎熬了，像心中上了一道锁，将那库房中发生的一切都锁在里边，钥匙在手上，时不时好奇地想打开看看，却又生怕放出魔鬼来。

转念想着，干脆忘掉锁和库房里的东西，当从未有过，可是一低头，钥匙搁手里呢。于是，琢磨着干脆闭着眼睛把锁一开，爱咋咋，但插上钥匙临到头了，又实在没有旋扭的勇气。

到最后，留在老刘脑海中的，便只剩下一股说不清，道不明，却又抹之不去的血腥味儿。

吃完淇格淇备好的豪华早餐，推门出来，拽拽缰绳，翻身上马，大步流星地在草原上奔驰起来。

风是真快啊，呼呼的，像是要将他身上的一切罪孽带走，只留下那副枯竭的皮囊，和皮囊下一颗等待着开枝、散叶、开花、结果和爆籽的种子。

希望是一颗赚钱的种子吧，老刘这般想着。

他知道，不是世界变了，是自己变了。

天还是那个天，地还是那个地，这里依然是那个最好最好的红格尔日坦图布隆德勒乌乌玉林大牧场，但他，已经不是那个老刘了。

几天以后，老刘渐渐发觉，变的不只是他自己，牧民们也变了。他们看向自己的眼神变了，多了一层敬畏，少了一抹玩味，他们，有点儿怕他了。

甚至连淇格淇也变了，多了一些崇敬，少了一些轻浮，依然爱得恣意奔放，却也多了一些迎合依恋。

老刘有些担心，担心这个场长的心思，已经不在羊身上了。

那只骆驼最后给了阿凡提八千，成本价，肉则分给了大牧场上的所有牧户，还顺带给老齐三人送去一份。老刘没有吃，问了下小姜味道，他吧唧着嘴说跟牛肉差不多，还不如牛肉。

"刘总，你想去猎狼吗？"小姜似乎无心地问了一句。

"犯法吧？"老刘反问道。

"哦。"小姜想了想，"我觉着你配得上狼牙。"

"算了。"老刘摇摇头，"我还是喜欢大金链子。"

温和的日子如白驹过隙，正当老刘还在思考该如何让大牧场的公羊搞定草原上的母羊时，牧场来了位特殊的客人。

贾公，沙旗恶人，不是"黑恶"的"恶"，是"可恶"的"恶"。

男，五十九岁，沙旗绒山羊联合总社社长，沙旗羊绒市场上的总瓢把子。对外，跟上下三路品牌商打得火热；对内，带着各路贩子欺压牧民，低进高出，弄虚作假，一手遮天，把持了沙旗羊绒市场十数年。

老刘很早就听过他的名号，因为在沙旗有很多脍炙人口的诗歌，诸如：

"白日依山尽，羊绒归贾公。"

"千山鸟飞绝，羊绒归贾公。"

"离离原上草，羊绒归贾公。"

"谁知盘中餐，羊绒归贾公。"

"…………"

"你好，你好！"老刘笑迎这位当之无愧的沙旗一霸的突然造访，"贾公，久仰大名啊！"

"哈哈哈哈。"贾公热情地给了老刘一个拥抱，"刘老板，嗯，相当可以！"

"小姜，杀只羊，发电机搬出来，晚上必须把贾公留这儿！"老刘拽着比自己整整高出一个头的贾公坐进了会议室。

"刘老板，不亲自杀只羊给我看？"贾公弦外有音。

"哈哈哈哈，贾公这是在嘲笑我了。"老刘指着贾公笑道，"你可是我的财神爷，可不敢把你吓跑嘞！"

"刘老板，你才是我们沙旗的财神爷啊！"贾公指着老刘，笑得合不拢嘴。

"怎么？贾公亲自造访，有何指示？"老刘给贾公倒了杯水。

"指示哪敢。"贾公抱抱拳，"就单纯想跟刘老板交个朋友。"

"贾公客气了。"老刘回个礼，"在沙旗，能跟贾公做朋友，是我的福分啊！"

"哈哈哈哈。"贾公摆摆手，"刘老板，抬举了抬举了。那个赫兰大姐和牛老板我是高攀不起，咱俩，我看也就刚刚好。"

"谢贾公。"老刘一脸认真，"那以后在沙旗，我走哪儿要有事，可是要把贾公的名号抬出来了？"

"哈哈哈哈，刘老板哪儿的话，在沙旗，你的事，就是我的事！"贾公一拍桌子，"提我贾公，好使！"

"哈哈哈哈——"两人毫无遮拦地笑作了一团。

当天，贾公什么也没有提，吃着肉，喝着酒，跟老刘聊了聊沙旗，聊了聊牧场，也聊了聊羊绒生意的艰辛不易。

老刘听得很认真，时而关心地问上一两句，时而也说说自己的看法，频繁地敬着酒，连说着受益匪浅。

酒至酣处，贾公拉着老刘走出场站，又向大牧场深处多走了一小截路，直到发电机的声音不再叨扰二人，方才冲着无尽的黑夜泄开了洪。

事毕，贾公没有急着回，拍着老刘的肩膀，指着满天繁星，长吸一口气，大声喊道："刘老板，你看！这沙旗啊，没好人啊！"

老刘宽慰似的拍了拍贾公宽厚的背，半醉半醒地喊道："贾公啊，贾公！算了吧！要不，咱就歇了吧？"

"哈哈哈哈——"二人爽朗的笑声，被淹没进了亘古洪荒之中。

老刘发现自己很能睡，因为每次睡醒时，都见不上昨晚睡前见到的最后一人。这不，今日睡醒，贾公早已离开。

不过，淇格淇却意外出现在床边，戏谑似的刮着他鼻子，一脸调皮。

"唉，头疼。"老刘揉揉头，一把将她搂了过去。

"嗯！"淇格淇猝不及防，却并未挣扎，顺势趴在了老刘身上，贴着他的脸，欢喜地说道："外面有人找你。"

"谁啊？"老刘摸着淇格淇的头，漫不经心地问道。

"棘嘎合作社的。"淇格淇享受地向老刘怀里钻了钻，"说想跟你谈谈明年收绒的事。"

老刘一怔，想了想，说道："你帮我跟他说，到时，我会找他们贾社长谈。"

"好。"淇格淇仰起头，叽里呱啦冲外边吼了几句。

外边的人应了一句，摩托一响，走远了。

"他说啥了吗？"老刘问淇翻译。

"他说嗯。"淇翻译翻译道。

"嗯？"老刘明明听见那人噼里啪啦了好一段。

"嗯！"淇翻译肯定地点点头。

"嗯……"老刘松口气，软绵绵地又躺平了。

"嗯。"淇格淇见状，拽过老刘胳膊，往脖子上一绕，挤着老刘，也躺平了。

"有个事，你帮我想想。"老刘随口说道。

"嗯？"淇格淇闭着眼睛，没有当回事。

"怎么能让草原上的母羊，都能来找我们配种？"老刘想这个问题很久了。

"……"淇格淇轻轻咬了老刘胳膊一口，淘气捣蛋地嗔道："让她们都来给你当场长好了。"

"……"老刘顿时无语。

淇格淇见老刘发呆，小手悄悄地伸去了不该去的地方。

"马上！"老刘突然的一句，吓了淇格淇一跳，缩回手来，啪地给了老刘胸口一巴掌，"臭男人，不解风情。"

"对啊！"老刘一把抱紧淇格淇，"送我们的种公羊，去当她们的场长就好了啊！"

淇格淇好像听明白了，又好像没听明白。

"你说说，之前旗里的配种政策是怎样的？"老刘抱着尤物当战友，居然开始了推演。

淇格淇很是郁闷，但也只得配合："政策是要求牧民不得自己保留公羊，到每年九月配种季，来大牧场租种公羊回去配种，配种完，再将种公羊送回来。否则，第二年产的羔子，旗里不包收购。"

"实际上的执行情况呢？"老刘明知故问。

"羊少的牧民根本不理，羔子自己就能卖。羊多的，也都私自藏着公羊，只是为了避免羔子不好卖，象征性地来牧场租上一只回去，混着自己的公羊一起配。"淇格淇说着，却也忍不住小心翼翼地对刘老板上下其手。

"租金贵吗？"老刘将淇格淇的手捏回了原处。

"不贵！"淇格淇掐了老刘一下，"就是折腾，载着羊来回一趟不容易，伤着了还要赔钱。"

"沙旗有十万只羊，是吧？"老刘轻轻搂了搂淇格淇。

"嗯。"淇格淇乖了。

"大概多少牧户？"

"按二百只一户的话，五百户吧。"

"每户六只种公羊？"

"没那么多母的，还有羯羊，四只够了。"

"两千只？"

"嗯。"

"卡车一车能拉多少只？"

"上下两层的话……两百只没问题。"

"十车？"

"能行。"

"好送吗？"

"嗯……可以。不用送到家，送到嘎子，让牧民自己来领就行，没几步路。"

"好！就这么办！咱给他来个'公羊快递'！"

老刘本想再在牧场多清闲几天，可不巧收到小谭从沙旗传来的重磅捷报——基金签约，产研院注册，哈达试产，品牌出炉，望速回。

老宋也不甘示弱地发来一条信息："老大，职工董事说她想你了，你快回来吧！"

狗不正经的！老刘呸了一口。

告别依依不舍的淇格淇后，老刘叫上小姜，两人踏上了归途。不过这次，没走往常那条河道，老刘让小姜绕了个远，说要去趟棘嘎。

棘嘎是沙旗除主城区外，最大的城镇，有整整一条大街，近三百米长，甚至还有一个十字路口和一组红绿灯。镇上有学校、诊所、超市、餐馆、菜市、旅馆、理发店、屠宰场、修车铺、邮政局，甚至还有一个不常营业的电影院。有时，大牧场需要兽药或一些补给时，便会来此处。基本上，除了酒吧、夜店、洗脚铺，人类基本的需求都能在这里得到满足。

小姜带着老刘，在屠宰场找到了棘嘎合作社的社长——皮叔。

皮叔的原名太长，别说老刘了，就是当地人，都懒得喊，所幸他有个好习惯，常年穿着皮衣，所以大家便都管他叫"皮叔"了。

老刘之所以那天没召见这人，是他不清楚皮叔是不是贾公的人。贾公是有大谋略的人，刚走便转身派个贴心之人来试探，这种阳谋，未必不高明。

所以，老刘在没想好怎么应对这个身份不明或有备而来的皮叔时，便干脆不见。"以不变应万变，随身带包干脆面。"这是老刘小学时的"女朋友"就跟他说过的。

皮叔得见老刘到来，很是意外，也很热情，连忙找了间空办公室，招呼他坐下，并让人泡了杯茶。

两人是第一次见面，简单几句寒暄后，便说起了正题。

皮叔问老刘，明年有没有收绒的打算。

老刘问皮叔，棘嘎一年有多少绒。

皮叔问老刘，是只要沙旗绒，还是混（假）的也要。

老刘问皮叔，混的有什么说道。

皮叔问老刘，下家有什么需求吗。

老刘问皮叔，咱们有什么优势吗。

皮叔问老刘，牧场的绒要出吗。

老刘问皮叔，牧场的绒怎么收。

皮叔问老刘，要不要也入个社。

老刘问皮叔，这个社能不能自己建。

皮叔问老刘，吃过午饭没。

老刘问皮叔，街上哪家好吃。

于是两人叫上小姜，一起吃了顿便饭。

皮叔买了单，临别问老刘，啥时候再来。

老刘道了谢，上车挥挥手，等你叫我来。

路上，小姜一头雾水地问老刘："你们到底聊了个啥？"

老刘说："他问我来沙旗是不是要收绒的，我说是，但还没有想好收多少。他问我要收什么绒，我说还没想好，可能都要。他问我下家找得怎么样了，我说我下家还没找好。他问我到时候牧场的绒会卖吗，我说看价格。他问我要不要也跟着贾公干，我说再考虑考虑。"

小姜问："那皮叔到底是不是贾公的人。"

老刘说："是，他第一句话已经说了。"

小姜问："他怎么说的。"

老刘说："他问我收不收绒。只有贾公才担心我收绒，他一个棘嘎合作社，还担心我抢他社员的绒？"

小姜恍然大悟。

可老刘又说了："但他将来也许可以成为我们的人。"

小姜问："为啥？"

老刘说："因为他的最后一句话。"

小姜问："他说啥了。"

老刘说："他问我会不会再来找他。"

小姜问："你咋说的。"

老刘说："我说等你想好了，找我。"

小姜再次恍然大悟。

回到旗里，小谭等四人已"群贤"毕至，等着给老刘一一报喜。不过，还没等老刘坐下，几人便开始打听他徒手屠骆驼的事。

老刘一脸苦笑，这牧场的事，传得还真邪乎。

正如大风传讯所说，基金协议已签订，已在注册程序中，结构和规模跟之前计划的一样，基金管理人是在南方找的，靠谱。

研究院已注册成立，跟谷博士团队的协议也已签订，课题大纲业已完成，准备一边落地实验、开展课题，一边申报科技政策资金，一边申报省级资质。

品牌方面，几易其稿后，交出了满意的答卷，这摊事现在老宋已全交给沫雪，包括接下来的策划和推广。

市场方面，正好即将迎来一年一度的国际服装展，可以结合羊绒哈达的上市和蛮绒品牌的推出，大肆宣传一波，看能否激起市场的一片水花。

老刘很满意各条战线的进度，并提出了一点想法和一条策略。

一点想法是请赫兰出面给展会站台，邀请些主流媒体，核心是围绕沙旗绒的品质和蛮绒品牌，来讲哈达的故事。这种可以出彩的事，赫兰绝对擅长且乐意。

一条策略是说服赫兰，在这批拆解来的羊绒哈达完成生产后，将那最后一座工厂，改建为羊绒文化博物馆。从羊绒生态、历史文化和品牌产业着手，将沙旗羊绒、大牧场和蛮绒品牌进行捆绑。可以借着工厂里原有的物件，再添些新元素，重新设计装修后，免费对外开放。

再申报些类似学习实践、生态科技或产业文化展示中心暨基地一类的招牌，吸引政商、市民、游客来此观览，持续释放品牌影响力。如果能让赫兰说服当地，作为接待贵宾考察的备选点位，就更好了。

小谭、老宋，包括沫雪都听得津津有味，不禁有些怀疑，老刘这脑袋是不是外星人赏的，怎么什么事一到他那儿，就变得花样百出，各种套路层出不穷呢？

唯有龙国兵想说什么，却又没有想好怎么开口。

老刘拍拍他肩膀，告诉这位老大哥，这座工厂虽然没有了，但还有一份更恢宏的事业等着他。现在，大家可以谈谈涨工资和期权激励的事了。

在众人炽热的眼神和急切的渴盼中，老刘说出了自己沙旗羊绒创业计划中的最后一环——羊绒科技产业工业园。

要想主板上市，得有轻有重。羊绒原料是核心，羊绒品牌是价值，羊绒科技是概念，羊绒哈达则只能算是意外收获。故事虽好，但资产太少，即便能实现小谭先前的全部构想，这个量级，走向资本市场，还是太渺小。

大牧场也算资产，但拿不出手。思来想去，老刘琢磨，只有投建一座全产业链，闭环运行的羊绒科技产业工业园，才能托起更大的帝国拼图。

"工业园……"小谭心底一颤，"我们这点儿资金盘，根本不够吧？"

"还得留够收绒的。"老宋补充道。

这一次，反倒是沫雪，不知是出于无知还是什么，并没有急于否定。

龙国兵虽然也觉着，凭现在蛮绒的实力，要想搞工业园，是小马拉火车，但他总觉得，老刘一定藏着什么后招。

果然，老刘杯水下肚后，将自己在牧场看着银河想出的方案，和盘托出。

说起来很简单，蛮绒拿出部分产业基金的钱，拍地、盖厂、建配套，然后招引专业的梳洗和染纺厂家投资入住，共同成立合伙人企业，专注于中高端羊绒的高品质加工，共享增值红利。除蛮绒自己控制的沙旗绒外，市场上的优质绒也能吃就吃，吃不进的，过把手薅点毛下来也行。

笼统来说，蛮绒一旦垄断了原绒前端，又绑架了市场后端，加工这部分中端，不用出太多血，便可轻易操盘。照此思路，蛮绒被基金放大来的那点钱，还真就差不多能玩转。

至于产业园的规划，不用太大，几十亩足矣，但位置要好；

厂家也不用多，各环节两三家足矣，但设备技术要好。

"最后，切记切记！"老刘很少如此慎重地强调一件事，"一切计划，高度保密，一切行动，暗中进行。"

"真正的敌人，才刚刚现身！"说完，老刘向椅背一瘫，像刚打完了一场仗，精神萎靡。

三个男人都在仔细回味老刘的一连串设计和构想，唯一的那个女人却在神游：看他这萎靡不振的弱鸡样，淫乐牧场的传言指定是真的了！这个人渣！流氓！烂杂碎！

·第九章·
风月闲情

统一了队伍思想后，老刘分别去找了赫兰和牛卫东，给两位大佬报告了事情的进展，并说服了赫兰关于展会站台和工厂改建的事。

不过，老刘却暂时隐瞒了科技产业园的事，因为以大姐的性格，知道了这事儿，指不定怎么招摇过市呢。到时肉还没有吃上，反倒惹得一身臊。

事毕，这次老刘没着急下牧场，去工厂看了看羊绒哈达的生产，顺便指点下博物馆的打造思路。在这里，他从龙国兵眼中看到了东山再起的激情。

而后又邀谷博士见面，详细听取了关于如何开展"1234"课题的汇报，并表态全力支持，同时提出加速落地的要求。在这里，他从谷博士的眼中看到了全情忘我的痴迷。

再就是跟管理人、合伙人等基金合作方喝了场大酒，确保募集和投资环节不出岔子，并就二期计划初步进行了讨论。在这里，他从投资客眼中看到了欲壑难填的贪婪。

最后闲来无事，也"勉为其难"地听了下沫雪关于品牌打造方面的思路，却完全没有要"提点"一二的意思。

沫雪对刘总裁厚此薄彼的态度非常不满，并威胁说，要是因为公司的漠视，把品牌搞砸了，以后就是有再好的产品，也卖不出超值的价格。

老刘耸耸肩，牛皮哄哄地扔下句："自有锦囊妙计，尔且少安毋躁。"

这一下，沫雪更是恨得咬牙切齿，卖什么关子啊！你有多了不起啊！要不是有我姑妈坐镇，我们又各自独当一面，你这个光会耍嘴皮子的甩手掌柜，早被沙旗的大风碾碎了！

老刘饶有兴致地看着沫雪。在这里，他从小白眼中看到了幼稚。

有些人可能永远都不会明白，一个合格的生意人，只算账，不近情。

忙完旗里的事，老刘又找上哒楞，仔细商讨了如何利用"公羊快递"牢牢捆绑住牧户手中的羊绒。

按老刘的想法，首先，这公羊快递是包邮的，但前提是牧户同意跟蛮绒签订供绒协议，将明年产的绒，全都卖给蛮绒。这样既能保证明年羔子不砸锅，又省了来回奔波的麻烦和租种公羊的费用。

但问题在于，协议在这个地方，跟废纸没啥区别。真到明年收绒季，还得看谁给的钱多，给钱多的，才是绒主。至于协议——烧了温酒去吧！

而且，绒的价格每年都在浮动，现在根本无法预测和锁定，这样一来，协议控绒就更成了笑话——荒漠上，古往今来最大的笑话。

"不能免费！"哒楞坚定地说道，"先收后退！租羊费用全额收取，但在协议里约定，公司明年收到绒后，全额返还。"

"嗯。"老刘点头，"但还有两个问题，一是价格无法锁定，明年到收绒季，容易起纷争。二是混绒问题，牧民不太敢骗熟人贩子，也就是合作社，但多半会拿掺假的绒来卖给公司。"

哒楞想了想说："第一个好办。采用预价制，一些贩子有时候也这么干。先跟牧户说好，统一按相对保守的价格收进来，等到当年市场行情价出来，再补给他们就行。"

"至于第二个……"

两人陷入了长久的沉默。

羊绒非常细柔，刚从羊身上抓下来的时候，跟棉花糖一样，加上从同一只羊不同部位抓下来的绒，粗细颜色都会略有差异。所以，如果不是品质差异特别大的两种绒混在一起，光靠眼和手，现场根本无法甄别。

正因如此，沙旗羊虽然每年满打满算只出得了五十吨原绒，但实际市场上光有迹可循的"沙旗绒"，就超过两千吨，假货率高达百分之九十七点五！

而且，想让收绒的人，人手一台检测仪，也相当不现实。且不说这二十分钟测一组的效率了，光检测仪的价格，就令人望而生畏。

谷博士的实验室预算里，就含着三台测试仪：一台高效精确的进口货，五十万；两台马马虎虎的国产货，十五万。五十加十五乘以二，小一百万没了。

"总不能请五百个人，守着这五百户牧民抓绒吧……"哒楞苦笑着摇摇头，叹了口气。

老刘想起贾公，想起皮叔，似乎有一张无形的大网，将整个沙旗笼罩其下，羊绒虽细，却一根也跑不出去。

从改良站出来，老刘突然发现自己没事可干了，大牧场进入了平稳期，其他事都有四大金刚操办，茫然四顾，忙活来忙活去，竟把自己给忙"失业"了。

"小姜，走！咱绕着沙旗旅个游去！"老刘上了车，大气说道。

"旅游？"小姜一愣。

"怎么，不愿意？"老刘自信满满。

"刘总，能不能缓几天？"小姜有点儿难为情地说道，"沙旗一年一度的驯鸽大赛就要开始了，我是驯鸽协会的秘书长……"

"驯鸽大赛？"这下轮到老刘和小白了。

"嗯，我带你去见识见识？"小姜说起这，精神头顿时起来了。

"走！"左右没事，老刘应允了。

随后经小姜这位职业高手介绍，驯鸽是沙旗很重要、很特别的一项娱乐活动，有非常多的人参与和关注，所以才诞生了驯鸽协会，他是协会秘书长，而贾公，恰恰就是会长。

驯鸽可以很费钱，像贾公那样，建个大型鸽棚，养上几千只鸽子，请上好几个人，每天帮他养，帮他驯。驯鸽也可以不费钱，像小姜那样，在自己家后院搭个棚，养上几十只，自己养，自己驯。

平时的驯鸽，就是跟鸽子交流感情，陪伴成长，让鸽子识人读意，学会和增强一些认路的本领。小姜还刻意带老刘回家，示范给老刘看。他钻进鸽棚时，整个鸽棚里没有一只鸽子受惊，而且他指向哪只鸽子，那只鸽子便会自觉飞到他掌心里，甚至还跟他撒娇，至于其他鸽子，则站得整整齐齐，岿然不动。

"这鸽子贵吗？"老刘首先关心的永远是钱。

小姜说："品种血统不同，身体条件不同，比赛成绩不同，价格差异很大。"还说据他所知，贾公就有一只顶级驯鸽，说是价值千万。至于说他自己的这九十只里，最贵的一只也就值一万块钱，但在平民驯鸽师里，已算难得。

老刘心里骂了句"玩物丧志"，问道："你认得这里的每只鸽子？"

小姜笑了："别说认得，我的每只鸽子，都有自己的名字和固定的房间号，就连它们各自的习性，我都一清二楚。"

"一万块是哪只？"老刘很好奇。

"巴音。"小姜叫了声。一只鸽子轻轻一跃，翅膀一扇，滑落到小姜手中。老刘左看右看、上看下看，愣是没看出它跟其他鸽子的区别，揉揉眼睛，摇头作罢。

说起驯鸽大赛，小姜一脸神往，老刘甚至在他脸上看到了飞升的表情。

驯鸽大赛一年一季，由驯鸽协会主办，规则很简单。

有兴趣参与驯鸽大赛的爱好者，根据自己出战鸽子的数量，缴上相应数额的报名费后，就可以领取相应数量的定位器，拿回家，戴在鸽子腿上，于比赛日，带上赛鸽，前来参赛。

鸽子数量不限，多少都行，因为这个比赛，不一定是鸽子多的就能赢。

比赛一般分为几个赛程，按照鸽子飞行路线的距离来晋级：三十公里赛，五十公里赛，一百公里赛，三百公里赛，五百公里赛……

不是所有赛程都会全部进行，一般每年会挑选其中几个展开角逐。例如今年，驯鸽协会便挑选了三个赛程：三十公里、一百公里和三百公里赛。

赛程由短向长进行，参赛者会带着自己精心挑选的驯鸽，来到赛事方指定的集合点，在裁判吹响号角后，同时放飞。

训练有素的鸽子冲上云霄后，会直奔三十公里外的终点而去。参赛者们也纷纷上车，赶在鸽子飞抵前，到达终点，等待着鸽子的降临。

三十公里的赛程算是娱乐赛，绝大多数鸽子都能飞到。

一百公里能飞到的，一般不足八成。

三百公里的话……小姜叹口气，至多五成吧。

最后，完成了三百公里的驯鸽，共同分享来自报名费的奖金。大赛就此落幕。

老刘听完顿觉索然无味，就这？想来是沙旗实在太过荒凉，才琢磨出这么个无聊的游戏吧。

"最远的赛程是多少？"想来想去，老刘也就对这有点好奇。

"帝都到沙旗。"小姜说。

老刘哽咽了一下："那是三千公里……"

"那么远，能飞到的，应该很少吧？"

"贾公那只就是。"小姜一脸羡慕。

"拿一千万的鸽子去冒险？"

"不，正是因为它飞到了，才值一千万！"

"那万一再飞丢了呢？"

"不会，不会再飞了，那种鸽子，到最后，都用来配种了。"

原来，一切的尽头，都是配种……

老刘听完，其实已经不怎么想去观赛了，不过小姜难得极力劝他一回，所以他最终还是去了。

后来，老刘说，他从未想到过，万鸽归主，会是那样一番壮丽的景象。

天际先是出现一条黑线，缓缓靠近，然后逐渐变成一幕灰网，越拉越宽，直至笼罩住整片低空。跟着，陡然间，灰网如瀑布般倾泻而下，越下越大，越下越快，近万对翅膀扇出的风声，如弥勒佛的鼾鼾，震耳欲聋，可细了来听，却又如冰雹打在潭水中一般，连成一曲清脆悦耳的律动。

落至半空，这一网瀑布，便颇有秩序地分开叉来，扭成上百股灰绳，各自坠向了自己主人所在之处。

就在老刘仰天感叹造化钟神秀时，鸽子屎如雨点般落下，毁掉了一切美好，独独留下了让人黯然神伤的记忆。

老刘转头看小姜，他举着把伞，面带微笑，目光慈悲。

老刘终于知道，沙旗这个地方的雨伞，是干啥用的了。

老刘后来好奇，那些丢了的鸽子去哪儿了？

小姜说，有些飞到了天上，有些落到了地上，但应该都还在沙旗吧，因为这里的天和地，都太大了。

参加完驯鸽大赛，小姜开着车，带老刘认认真真地逛了一遍沙旗。

老刘这才知道，大牧场的名字虽长了点，但在这块儿地方，还算是正常的存在。

因为他沿途看到过很多路牌，都写着如下地名：曼德拉、布拉皮特、敖伦布拉格、特立尼达……

除此外，也常见有地名如下：长流水、老干旱、树很多、有下坡……

这可真是天地间，拥有着最为空灵的幻想，却又最接地气的地方啊！

"爷爷爷爷，你快看，好多大卡车！"

"嗯，当真不假……"

"爷爷，他们这是要干啥咧？"

"要把咱牧场的羊白白送出去。"

"啊？！那，那也包括咱的吗……"

"那倒没有，咱是母的，用不上。"

"哦……那为啥呢呀？"

"跟你说不清。"

"爷爷，你就跟我说说嘛，我能听懂！"

"能跟你说啥？你一个碎娃。"

"哼！"

"娃呀，你不一直说，想买咱这牧场吗？"

"是呢！"

"现在已经有人买咧。"

"买咧？谁咧？是朝场长吗？哦，不对，是那个姐姐！"

"……姐姐是老板娘。"

"老板娘？东头来那个？所以她才要把羊白白拉走是不？"

"啥事儿咧嘛……羊白白还会回来的！"

"那为啥咧……"

"碎娃，反正你就知道，咱牧场，要好起来咧！"

"要修路了吗？"

"那倒没有。"

"通电咧？"

"没有。"

"打井？"

"没有……"

"那有啥好咧……没变呢嘛……"

"你个碎娃……"

配种周期一般在两周，草原上的配种，没什么技术含量，将三十只母羊和两只公羊关一起一周；然后换三十只母羊，再关一周。这样，两周两只公羊便能配种六十只，四只公羊刚好配完一百二十只。

通常来说，只要两只公羊不同时出问题，便不会有遗漏，因为实际上，一只公羊，一周时间，是完全有能力拿下六十只母羊的，两只，只是为了保险。

但母羊不一定能全部怀上，除了极个别是错过了关爱外，也有其他身体原因。所以牧民们会把没产羔的母羊做上记号，来年特别关照。如果两年都没结果，那多半，就变成羊肉了。

配种一般都集中在国庆后，这样是便于来年三月后集中接羔。配种虽易，接羔却是个辛苦活儿，原因在于母羊产羔比较随意，不挑时间，不挑地点，不挑环境，到点就产，而且产完就走。

在产羔那两周，牧民几乎得二十四小时盯着羊群，产得一羔，便赶紧从母羊群里"捞"出来，摆到一边，待它慢慢苏醒。等到这个可爱的小生命慢慢睁开眼睛，舒展四肢，并逐步适应了这个新的世界后，便会努力地站起来。这个过程大概需要一到六小时不等，直到小羊羔站起来，这便算是成了。

但凡牧民稍有懈怠，或贪睡了点，小羊羔就很容易被没头没脑的羊群踩死，或被独自留在荒漠上，等站起来时，羊群早已走远，再也寻不见回家的路。更有甚者，失去了牧户和羊群的保护，天上的雄鹰，也绝不会吃素。

另外，风沙大雪也都是小羊羔的敌人，虽在三月里不多见，可一旦来了，便是灾难。

经哒楞改革过的大牧场管理制度，为放牧、配种、补饲、产羔、抓绒等重要生产环节设置了简单易行的要求规范，根据实际情况为每群羊单独下达了生产目标，还最大限度地调动了牧户积极性，确保大牧场走向一个健康科学的良性循环。

老刘对此颇为满意，要不是还有更重要的计划，他都想把哒楞从改良站挖出来，做蛮绒的全职员工。

等到两千只种公羊乘着"公羊快递"，从四面八方的草原上成功播种回来，便到了购买饲料的季节。

沙旗没有雨，但冬季的雪却很大，有时相当大，一晚上能积到膝盖深。

老刘也问过："这雪，不也是水吗？"

牧民们都笑了："雪得化了，才是水，这零下三十摄氏度，怎么化？"

"可总有融化的那天啊。"

"没有！"牧民很肯定地说，"因为大风一定会赶在春天跟前来，不等天暖，大风一至，便会将整个荒漠上的雪花全部带走，干干净净，一粒都留不下，跟从没来过似的。"

所以，牧场需在第一场大雪来临之前，做好过冬准备，避免遇雪后，羊白白挨饿。

就这样，老刘带着哒楞和小姜，来到了沙旗最大的饲料厂。

老远，老刘就看到了厂子的烟囱柱子，整整三根，论高度，在沙旗，只有那个神秘的飞艇基地可以比肩。

"这老板很有来头。"哒楞抖抖烟灰，"算得上是沙旗道上一哥了。"

"一哥？"老刘一怔，"跟孟姐那位比如何？"

"……"哒楞悟过神来，顿时宽慰不少。

"天下熙熙，皆为利来；天下攘攘，皆为利往。"老刘笑笑，"大哥，也是生意人。"

"嗯，是。"哒楞点点头，"反正小心点处就是了。"

事实上，哒楞确实多虑了，饲料厂的老板姓李，名镐，是一位相当好说话的大叔，人送一个亲切的外号——镐头。

镐头不仅是饲料厂厂长，也同时兼任苏达木合作社社长。说起苏达木，在沙旗无人不知、无人不晓，因为那是整个沙旗唯一不太缺水的地方，可谓荒漠中的一片绿洲。也正因如此，那里才有沙旗最大的一片玉米地。

据说，镐头年轻时就跑运输，用骆驼队，来回穿梭于沙旗的好几片沙漠，从不拖拉，从不迷道，说几时到就几时到，说到多少就到多少，沙尘暴也挡不住，在沙旗是一号讲信用的能人。

后来修路了，驼队卖了改车队，也是一样，从不吃客，从不晚点，比羊发情都准时。

沙旗这地方，出点能人不容易，于是很快，镐头就被当地选中，成了个不大不小的嘎长，树立了商而优则仕的典范。

后来，各嘎开始大兴合作社，拉山头，做生意，而苏达木嘎则成了众人眼红的香饽饽，你争我夺，抢得一塌糊涂，反倒变成沙旗当地的心病。

直到突然有天，有人提议让镐头来搞，纷争才平息下来。怎么说呢，比镐头能干的人多，但多少不能服众；比镐头服众的也有，但又不如镐头能干。

就这样，镐头就莫名其妙当上了沙旗最肥的合作社的社长，以及最大的饲料厂的厂长。加之现在在道上跑车的，都是他以前的小弟，因此才有人在背后管他叫一哥。

"嚯嚯嚯嚯！刘老板！"哒楞刚介绍完，镐头就给了老刘一个熊抱。

老刘很郁闷，为啥这里的人都这么爱抱抱？更郁闷的是，自己到了这里，见啥人都要矮一个头！

"早听说啦！刘老板是这个！"镐头放开老刘，举起一根大拇指。

"过奖了过奖了！镐头跟前，不敢称大！"老刘抱拳谦让。

"刘老板是来给羊白白看料吧？"镐头快人快语，"我们先看料，再喝茶！"

"劳烦镐头了！"老刘用力拍了拍镐头的后背，在沙旗，这带有主动拉拢关系的意思。

"那个谁谁谁！开个老料！"镐头使唤着手下人，带老刘三人朝饲料厂最深处走去。

"老料？"老刘有点儿诧异。

"老料好。"哒楞赶紧解释道。

"哈哈哈，刘老板，外行了？"镐头哈哈大笑，却没有嘲笑的意思。

"惭愧了，还望镐头指教。"老刘自己也笑了。

"玉米这东西，刚下来的新鲜，湿重，放不得，容易坏。"镐头指了指旁边正在烘干的大锅炉，"我们厂子里没事，定期翻翻，你们仓库里不行。"

"而且，新料嘛，不好消化，羊白白吃了，容易坏肚子。"镐头说着，走进老库，抓起一把干玉米，塞到老刘手中，"看看，咋样！"

老刘哪儿会看这玩意儿，转手分了两撮给哒楞和小姜。

"老料，轻，还甜，要不是你刘老板，我开都舍不得开！嚯嚯嚯嚯！"镐头叉着腰，像看宝贝一样看着满库的玉米。

老刘闻言，拿起一颗玉米，塞进嘴里轻轻一咬，"咔"的一声，差点儿没把牙崩了："这玩意儿羊能吃？"

"哈哈哈哈——"仨货笑得差点儿跪地上。

"刘老板，这拿回去，喂前得搞碎呢！"镐头眼泪都差点笑出来，"你要能把这吃下，我这一库送你了！"

"哦……"老刘尬笑两声，"见笑，见笑……"

哒楞和小姜都是饲料专家，前者自不用说，后者养鸽，也用料，所以，很快便帮老刘做了决定。

镐头也是爽快人，三下五除二谈好了价，合同一签，愉快地喝上了茶。

"镐头，有没有想过干点羊绒的事？"老刘想了很久，才说出这句话。

"咋？刘老板要把我厂子买了？"镐头不愧是生意人，一听就懂。

"买不敢。"老刘摆摆手，"换点股，是可以的。"

"换股……"镐头似乎真在认真想这事，但最后还是摇了头，"羊绒嘛，有贾公，我就不去了。种好我自己这块田，就行喽！"

"好。"老刘也松了口气，"那成，就这，走了！"

"嗯，刘老板，慢走，到时间料给你送到！"镐头挥着手，消失在后视镜中。

"他不会换料吧？"车上，老刘还是有点儿不踏实。

"不会不会！"哒楞和小姜头摇得拨浪鼓似的，"沙旗地方小，这事儿干一次，他这厂子以后都不用开了。"

"哦。"老刘这才放下心来。

离料下场的时间还有两周，老刘算着，刚好也到国际服装展的日子了，这是"蛮绒"品牌第一次亮相，还是去看看吧。

回到家后，老刘认认真真把自己洗了好几遍，皮肤都快搓破了，确保身上没了羊膻味，才换上一身标致的西装。

照着镜子，那个英俊帅气的刘总裁又回来了，皮肤虽略微晒黑了些，但眼神更凌厉，气度更开阔了。

买张机票，都没敢让小姜那辆满是土腥味的越野车送，打个出租，直奔机场去了。

·第十章·

一鸣惊人

当老刘突然出现在国际服装展蛮绒展台前时，两人都吃了一惊。

老刘惊讶的，是展台的独特气质。在整个展会都是海报花样纷呈，产品琳琅满目的大背景下，蛮绒却相当出彩：一面简洁大气却冲击感十足的公司形象墙；前边横着一条被淡紫色桌布精心包裹起的长条桌；桌上陈列着一组错落有致的奢华玻璃罩，编钟形，颇为典雅；罩内立着盏金光闪闪的绒抓；抓上，举着团比白云还纯净，比软玉还细腻的羊绒——沙旗白羊绒。

每个玻璃罩里的羊绒不多，却被揉捏得很饱满，在射灯的集束下，通透迷人。桌上再配着些精致有趣的小摆件，像极了珠宝商展示珍宝的味道。

除此之外，只在展台旁立着一尊塑料模特和一个展架，模特穿件羊绒旗袍，展架陈列着三条羊绒哈达。

地上，是厚实奢华的羊纺地毯。

站在展位前，看着这个只有十来平方米，却被打造得云端一般迷人的空间，老刘惊叹不已。

沫雪惊讶的，是老刘的人模狗样。这还是她第一次见老刘穿上正装的样子，身形修直，站姿挺拔，英俊的脸上五官明朗，一双深邃的眼眸下藏着汪洋大海。

这才有点我们公司总裁的样子嘛！

"这布展，得花不少钱吧？"老刘开口了，沫雪的幻想也瞬间破灭。

"穷死鬼！"沫雪喷了口，气不打一处来。

"老宋呢？"老刘这才真正注意到沫雪，一袭长裙，一根束腰，轻轻勾勒出曼妙的身材；一枚简单不失精巧的头饰，将乌黑的长发盘起，清雅而不失可爱。

"谈客户去了。"沫雪被老刘看得竟有点儿不好意思，小脸微微一热，低头躲闪过他的视线。

"哦……大姐来吗？"老刘走近两步，弯腰看向钟罩里的羊绒，一股淡淡的香味传来，一抬头，看见了那双秋水盈盈的美眸。

"没……要来。"沫雪一震，脸上一片绯红，明明什么都没有，却偏偏控制不住，想躲开却又不愿示弱，此刻，她恨死了自己。

"哦。"老刘起身，点点头，看看旗袍，又摸摸哈达，绕过条桌，跟沫雪并排而立。

"你来干吗？"沫雪平复好心态，不冷不热地问道。

"看看你们有没有敷衍。"老刘也半真半假地答道。

"你！"沫雪一听肺都要气炸了，为了这次展会，她可谓劳心费力，绞尽脑汁，从布展到摆台，从看材到选款，甚至在正式布展前，还专门在赫兰庄园里预展了一次。

岂知这个啥事不干的动嘴货，一来就摆出一副领导架子，居然还质疑自己！要不是顾及淑女形象，当场就想把那钟罩扣到他的脑袋上，给他送个"钟"。

"还可以，老宋这小子，挺有想法。"没等沫雪气顺，老刘又补了一刀。

"不是……"沫雪差点儿一口老血喷出来：老宋那粗货能干这事儿？成天都在喝酒跑客户，什么时候管过一点？跟他有半毛钱关系啊！

"累吗？去休息会儿。"老刘看一眼沫雪，说道。

"我……没事。"眼看要发飙，却不料被老刘这么突如其来送上一句关心，沫雪顿时发不出脾气来。

"行。那我走了。"老刘手一拍，转身走了。

"……"沫雪当场石化，呆若木鸡。

找到老宋时，他正在会场里勾搭驴牌的一个意大利姐姐，后来据他说，那个姐姐居然是驴牌亚太地区副总裁，是个中国通，很清楚羊绒市场，也一直在收沙旗绒，从贾公那里，但量不多。

两人一起吃了个便饭。其间，老宋收到赫兰电话，说她下午要过来，品牌发布安排在下午，就在蛮绒展台前，请了一帮记者。

原本老刘打算吃完饭就走的，来趟帝都不容易，他还有其他计划，但既然大姐要来，也只能回去陪陪。

吃完饭结账时突然想起沫雪，于是，又叫了份外卖，等外卖时，在超市顺手买了两样水果，一并带回去了。

看着老刘给她带回的午餐，沫雪原本冰冷的面孔温和了许多，提上外卖和水果，走到展台后边小心翼翼地吃了起来。

中午展会没什么人，老刘也不是有耐心的种，于是便也来到后台，在沫雪对面坐下来，刷起了手机。

"你……能不能别看我。"沫雪见老刘放下手机向自己看来，很不适应，她不想让他看着自己吃饭。

"我只是休息下眼睛。"老刘解释了一句。

"那你可以闭上眼睛睡觉。"沫雪指出了"破绽"。

"你比较养眼。"老刘淡淡地说道。

"你!"沫雪一急差点儿呛着,想发火,却又发不出来,心里还有点儿不争气的暗自欢喜。

该怎么回他呢?当面骂他轻浮,好像不是很好,说他油嘴滑舌吗?怎么感觉像两口子拌嘴,肯定不行!眼瞎也不行,他没说错啊!干脆就说"你挺会说话啊",嗯,这样好!

等沫雪脑子里飞过一百八十转,终于想好怎么回怼老刘时,抬头一看,那货居然睡着了!

当着老娘面这都能睡着!还真是没心没肺没长眼!睡吧,睡吧,睡死你!干啥啥不行,睡觉第一名!

呵,不说话时,光这么看,倒还人模狗样的。可惜了,黑心棉,败絮其中!

时间对每个人都不尽相同,沫雪刷着手机,偶尔也瞥眼老刘,很快中午便过去了。而老刘,则昏昏沉沉地做了好长一个梦。

他也记不太清梦了些什么,但似乎从出生记事起,就已在梦里了。那是一片轻飘飘的地方,暖暖的,没有风,脚下软软的,使不上劲,但也不会倒,伸出手想抓住点儿什么,但四周什么也没有。

干脆放宽了心,迈着步子向前走,深一步、浅一步,走了许久许久。整个世界都是雾蒙蒙的,并不可怕,但却什么也看不见,不知过了多久,才在远处隐约出现棵树影,寻常大小,看轮廓,像是儿童画中的苹果树,没有那么绿,也没有红果子,但形状是一模一样的。

怕惊扰到这幻境里唯一的存在,于是他便小心翼翼地,几步一停地,悄悄来到了树下。惊喜的是,这里的地竟然是硬的,踩着很踏实,像落了地。好奇地伸出手,轻轻触碰到了树干,树皮竟然是软的,还有点滑,指间传来透心的凉,让人精神一振。于是,整个世界渐渐变得清晰起来……

"放开！"啪！手背一疼，老刘惊醒过来。

只见闻人沫雪站在跟前，一脸羞恼地瞪着自己，脸颊飘着红，右手轻轻抱着左臂，咬着丹唇，一副想骂人又骂不出口的样子。

老刘感觉手背有点痛，举起一看，红了一片。

"你，抓我干吗……"沫雪想质问，但又理不直气不壮，毕竟她也看出，刚刚老刘是真睡着了。

老刘大致猜到发生了什么，耸耸肩，摊摊手，若无其事地摆出一副无辜的表情。

"哼！"沫雪想着正事，懒得再跟他计较，"董事长来了。"

"哦。"老刘闻言这才伸个懒腰起身，整整衣裤，转身走去前台了。

居然当着我的面理裤子！粗俗！丑陋！死流氓！才不到半天，沫雪连气都已经气累了，实在没精力再跟老刘计较，调整调整情绪，也跟着走了出去。

展台前，一众记者架机器的架机器，调相机的调相机，赫兰站在一旁，跟一位领导模样的人站着闲聊。

见老刘出来，赶紧招呼他过去，介绍跟领导认识，原来是展会主办部门的负责人。寒暄几句后，赫兰邀请他一起接受采访，老刘连忙推辞了，将聚光灯让给了赫兰和领导。

转过身，老刘又回到条桌后，背对着形象墙，跟沫雪并肩站在了一起。

"你干吗？"沫雪见老刘站得端端正正，颇为反常，警惕地问道。

"大姐跟领导接受采访，我俩当好背景吧。"老刘低头看了眼沫雪，又看了自己一眼，"嗯，挺搭。"

"谁跟你挺搭……"沫雪脸一红，话小声得连自己都听不见。

"职业点。"老刘叹口气，"好好站完这半小时吧。"

说来也奇怪，老刘说完这话，沫雪便变得异常配合，凝神聚气，亭亭玉立，甚至还面含微笑，俨然一副职场女神的范儿。

老刘倒是习惯了这样的场合，随便那么一站，就是焦点，反倒是该如何收敛一些气质，避免喧宾夺主，才是他需要小心考虑的问题。

赫兰不愧是赫兰，领导更不愧是领导，面对镜头，两人高屋建瓴，一唱一和，将服装的文化、展会的意义拨到了一个全新的高度，听得采访者不住地点头。

而蛮绒的展台，则成了画面中的最佳背景。当然，也包括那一对形象气质出众的璧人。要不是老板在这儿，而两人年龄也偏小了点儿，都能被误认为是这独特品牌的一对佳偶联合创始人呢。

采访结束，众人鸟散而去，赫兰跟老刘打过招呼后，也陪领导走了。

见沫雪在默默收拾赫兰刚才介绍产品时展开的哈达，老刘也拿过一条叠了起来。

沫雪叠完手中那条，看老刘叠哈达那笨手笨脚的样，忍不住笑了："原来，也有你刘总不会的呀！"

老刘见沫雪笑得开心，也不禁笑了。沫雪没说话，从老刘手中夺过哈达，一言不发叠了起来，动作很慢，每次关键的折叠都会停一下，似乎在教老刘。

老刘也看得很仔细，只是不知他看的是哈达，还是叠哈达的那双纤细如玉的柔荑。

沫雪似乎感受到了老刘的目光，却也没再畏缩，叠完哈达放回展架后，大大方方站回到老刘面前，仰视着他，面含微笑，似乎在问：怎么样？会了吗？

老刘笑了，沫雪也笑了。

走出会展中心，老刘站在路边，等候出租车时，想起刚才的事，不禁莞尔。女人啊女人，你永远不知道她是怎样一种外星生物。

"刘总！"突然，身旁响起一个刚亮的声音。转头一看，是一个陌生男子。看起来偏年轻，但应该有五十上下，个子不高，但气场不弱。精干的发型，得体的衣着，最让老刘印象深刻的，是他那双雄鹰般的眼睛。似乎在他眼里，任何人或事，都不过是猎物，抑或什么也不是。

"我姓崔，单名一个泰。"中年男子伸出了手。

"崔泰！"老刘吃了一惊，但很快镇定下来，伸出手，跟男子结结实实握在一起。

男子没着急说话，用力握着老刘的手，看着他，好似在考验他的定力。

老刘也微笑着，大方地打量着对方。这个人的大名，可谓如雷贯耳。

"刘总在等车？"男子问道。

"是。"老刘点头。

"我送你一程？"男子指指刚停到身前的一辆豪车。

"恭敬不如从命。"老刘做了个请的手势。

男子松开手，看着老刘绕过车尾，从另一边上了后座，方才坐进车里。

羊绒矿藏不大，容不下太多顶级猎食者，国内而言，也不用数，称得上顶级的，就一家——泰绒。

崔泰，泰绒集团创始人、董事长，泰绒股份董事会主席，羊绒界最大的老板。

老刘很诧异，崔泰这样的人，怎么会找上自己？即便是偶遇，但能认出名不见经传的自己，还邀约同行，就已经说明了很多问题。

"刘总知道我？"

"仰慕已久。"

"仰慕我什么？"

"有钱。"

"哈哈哈哈，有钱就值得仰慕吗？"

"做羊绒有钱，就非常值得仰慕。"

"羊绒没有那么难做吧？"

"你猜？"

"哈哈哈哈，我猜还好。"

"那你可能猜错了。"

"哈哈哈哈，年轻人，有意思。"

"换我问了。崔总，你知道我？"

"知道一点。"

"一点是多少？"

"赫兰、蛮绒、沙旗、大牧场、研究院、基金、哈达，还有你。"

"为啥？"

"学习。"

"崔总也说客气话？"

"哈哈哈哈，真话。"

"崔总该不会是看上沙旗那点儿绒了吧？"

"我看上你了。"

"挖我啊？"

"对，还有你的团队。"

"啥条件？"

"你们提。"

"真的？"

"你猜？"

"哈哈哈哈……"

"说真的，你愿意来泰绒吗？按你们自己的想法，干你们想干的事，待遇不用我说，资源管够。只向我汇报，你们不说，我就不问。这诚意可以了吧？"

"受宠若惊。"

"哈哈哈哈，刘总这是婉拒我了？"

"崔总，这份 offer，有效期多久呢？"

"哈哈哈哈，把你送到之前吧。"

"崔总，太短啦！"

"哈哈哈哈，你要多久？"

"……两年？"

"太长了。"

"一年？"

"一年？你准备把蛮绒干成什么样？"

"要干得好，崔总到时收了我们也不亏啊！"

"哈哈哈哈，好，就一年。"

"既然遇上了，崔总，你帮我个忙可好？"

"说说看。"

"……"

"哈哈哈哈，这么好的点子，小子，你不怕我学你？"

"穷人才靠点子活，崔总你家大业大，看不上的。"

"哈哈哈哈，行，这个忙有趣，我帮了。"

"谢崔总！"

老刘目送崔泰离开后，转身走进了一家检测机构。从检测机构出来后，又去了两家拍卖行。隔天又去了几家证券公司，几家文化设计公司，最后甚至还去了几家 IT 公司，跟个业务推销员似的，在帝都流窜一大圈后，方才回到沙旗。

　　小姜去机场接的老刘，一脸喜庆，隔着八百米都能感觉到他的得意。

　　"怎么了？"老刘有些好奇，上次驯鸽大赛，他也没有挣着钱啊？还飞丢了两只鸽子。

　　"刘总，告诉你个好消息！"小姜狠狠地拍了拍方向盘，从怀里掏出个小本儿，递到了老刘跟前。

　　"嗯？"老刘看了一眼，不就驾照嘛，谁还没有？

　　"我终于考下驾照了！"小姜一语，石破天惊。

　　"啥？！"老刘脑子嗡的一声，两眼一黑，差点没晕过去。

　　"我考下驾照了！"小姜那个得意啊，"以后给你开车，就是正正当当的了！"

　　老刘一口老血："你之前都是无证驾驶啊？"

　　"啊。"小姜脸上写满了无所谓，"又不是不会开，考驾照干啥？"

　　老刘彻底无语了："之前给改良站开车，他们都不要你驾照的吗？！"

　　"刘总，别大惊小怪的。"小姜"教育"道，"你看这沙旗路上的车，不是我吹，一多半儿都没有驾照。"

　　"交警不查吗？"老刘顿觉毛骨悚然。

　　"沙旗这地方，谁还找不到个人了？"小姜笑笑，"查到就是一个电话，两百块钱的事。"

　　老刘彻底崩溃了。

　　回到家，换回"牧羊装"，收拾好东西，正准备下牧场时，镐头打来电话，老刘一算，也差不多是送料的日子了。

"喂，刘总啊。"电话里还是那个粗犷的嗓音，"不好意思，实在不好意思，跟你说个事啊。"

"嗯，镐头有话你说。"老刘感觉不妙。

"那个，今年啊，刮大风，玉米地啊，减产得厉害。这个玉米啊，涨价咧！"镐头一嘴的无可奈何。

"你看是这，料呢，上次你们也选好了，咱不动它，你呢，给我再补个八万块钱，可行？"镐头的口气听起来倒像是很大方。

"镐头，这不对吧？"老刘语气不太友善，"咱说好的事，不能翻脸就变吧？"

"我也没办法啊。"镐头很是"委屈"，"厂子也不是我一个人的，人家其他嘎子都在加价，给你太低了说不过去吧。"

"先到先得，有啥说不过去的。"老刘冷笑一声，"你镐头的话，谁还能不服？"

"话不是这么说的。"镐头叹了口气，"兄弟们也是要吃饭的……"

"那也不能从我碗里抢吧？"老刘有点上火，"钱我不能加，料你该送就送，行吧？"

"万事有商量嘛，八万不成，我吃点亏，七万五也成啊，不能你刘总一句话啊！"镐头语气也有些不爽。

"说好多少就多少。"老刘丝毫不让，"那我能说公司缺钱，就不给你结吗？"

"你倒是不结试试！"镐头语气也变得很不友善，"你们公司是大，但沙旗还没轮到你们说了算！"

"那你告诉我，沙旗谁说了算？"老刘冰冷如霜，"是你镐头吗？"

"就一句话，加不加？"镐头终于没了耐心，"我现在就在装车，你不加，今天就送到东头去！"

"没得加！"老刘斩钉截铁，"我的粮，你必须按时足量给我送到！"

"呵！还必须……"镐头那边冷笑一声，挂断了电话。

老刘放下电话，冷静几秒后，拨通了哒楞的号码。跟他说清此事后，让他找人问问玉米行情。

很快，哒楞回过话来，今年玉米确实歉收了些，但也没有镐头说得那么严重，大概率是镐头觉得没卖够价，想借这个理由多弄点儿。

心里有数后，老刘叫上小姜，一路来到饲料厂，但却没进门，而是把车停在马路对面，悄悄观察厂里的动静。

果然，在最靠里的库外，停着好几辆卡车，不断上着货。

"去，打听下送哪儿的，再仔细看看，是不是从我们那个库里弄出来的老料。"老刘提醒小姜，"注意下镐头，他要在，就直接回来，别多说。"

"嗯。"小姜突然觉得自己有点像间谍在执行秘密任务，很是来劲。应了声后，就下车朝厂子里悄无声息地摸了进去。

老刘远远看到小姜来到卡车下，给工人递了根烟，说了几句，然后又绕到车后，估计是看库去了。很快，又从车后出来，跟工人打声招呼后，贼头贼脑地溜了出来，跑到车跟前，还有些喘气。

"刘总，是咱的料，说是要送去东头！"小姜上车后，又点了支烟，"咋整？咱要不找点人来把车给他拦了？"

"不急。"老刘稳坐副座，陷入沉思。

"这货的数量，跟咱买的，能对上不？"过了好一阵，老刘才终于开口。

"比咱少点儿，但少的不多，差个两车吧。"

"这进度，什么时候能上完货？"

"也就个把小时吧，上完货还要过个秤，应该要不了多久。"

"从这儿到东头要经过棘嘎吧？"

"嗯，肯定得过。"

"过去要多长时间？大车的话。"

"大车慢，到嘎上估计得七个来小时吧。"

"晚上了？"

"嗯，一般他们会在嘎上住一晚，然后明一早下牧场，正好白天卸料。快的话，卸完料，明天晚上刚好能赶回来接下一个活儿。"

"好！"

老刘说完，试着给淇格淇打了个电话，没有在服务区，于是编了条短信过去，现在就寄希望于她能早些收到吧。

在卡车装完料，过秤时，两人看见镐头从屋里大摇大摆走出来，他倒是没注意停在马路对面的车，只是看看秤，再检查下大车的状况，就挥手放行了。

"走，去棘嘎。"盯着最后一辆车驶出饲料厂，老刘说道。这时，淇格淇也终于托风捎回了短信。老刘看了一眼信息，放下了心。

·第十一章·
暗度陈仓

几小时后，当车队抵达棘嘎时，司机们"偶遇"了大牧场的几个老熟人，连哄带拽，给弄进馆子里大吃大喝了一顿，一直喝到半夜，才被搀扶着上了旅馆，呼哧呼哧地睡得不省人事。

另一边，淇格淇带着牧场几人，分别登上卡车，在夜幕中，穿过沙漠公路，将车开到了场站仓库。

仓库前，已有一群牧民在等待，见车一到，二话不说，跟抢似的，疯狂地将一车车的上好干玉米往仓库里卸。

天上，月亮像灯光一样帮着照明。地上，牧民像蚂蚁一样不停搬运，好一幅"秋夜卑劣盗料图"。

"刘总，咱这不犯法吧？"无证多年的司机反而担心起别人犯法了。

"没人报警，就不算犯法。"老刘无耻地解释。

"万一镐头报警了呢？"小姜还是不放心。

老刘白了他一眼："合同在那儿，料在这儿，报什么警？他的人喝多了，我找人免费帮他送了这么大一段路，他不给我退钱就不错了，还报警？"

小姜闻言，一时竟无法反驳。想了良久，才勉强说道："这个，算趁火打劫吧……"

"不。"老刘摇摇头，"是暗度陈仓。"

当拂晓的第一束光穿过疙瘩山的岩缝，唤醒整片大牧场时，忙碌了一夜的牧民们也终于卸完了所有的饲料，一个个精疲力尽地坐在仓库门口，却笑容满面。

以前，他们是自己买料，买多了，心疼钱；买少了，心疼羊。现在好了，刘老板管粮，不但管饱，还管好，虽是累了一夜，但想着库里满当当的冬粮，心里特别踏实。

"刘总啊，你得请大家吃只羊吧？"淇格淇锁上仓库，笑着走了过来。

"请！今天就杀，再弄两箱酒来！"老刘大气一挥手。

"……"一众牧民你看看我，我看看你，面露难色，没人接话。

"怎么了？"老刘没想到大家会有这个反应。

"今天，我们都不能杀羊……"淇格淇浅笑道，"每月里，有一天，我们是不能杀生的。今天，就刚好是那天。"

"哦……"老刘这才明白，不过，心里却腹诽道：你们刚差点儿把镐头的心都搬空了，居然还说不杀生……

"那能吃吗？"老刘突然想到这个问题。

"能！"淇格淇似乎想到了什么，突然笑了，"刘总，要不，今天，你给我们杀一只？"

"杀一只！杀一只！杀一只！"牧民一听，瞬间兴奋起来。对啊，场子里别人不好杀，刘总可以啊！

"行！我杀！"老刘一拍胸口。

"好！"一众人当即满血复活，跟刚睡醒似的起劲。几句话一商量，两人去抓羊，两人去扯沙葱，其余人把卡车送回去，再顺便买酒买菜回来，留一个在场站上打水收拾。

至于刘老板和淇场长，则迫不及待地"学骑马"去了。这才大黎明，离杀羊的时辰，还早。

在那个熟悉的淇格淇的小破屋里，两人"骑"到一半时，老刘电话响了，连续响了好几声，是短消息，老刘没有理，趁在劲头儿上，加紧"学习"。

"谁呢？你外边有人了？"淇格淇故作吃醋地问道。

"你不就是我外边的人吗？"老刘看着手机，回得那叫个顺口。

"屁！找死是吧！"淇格淇手一伸，威胁着又要撼动老刘的开关。

"别别别！"老刘赶紧求饶，并将手机递给淇格淇。

淇格淇懒得看，说道："读给我听。"

"好。"老刘清清嗓子，"亲爱的老公，我想死你了，你在哪里啊？快回来吧！听说你在牧场找了个小三……"

"滚！"淇格淇一头撞向老刘的胸口，差点儿让他咯出口血来，"好好读。"

"咳咳……"老刘缓口气，心说这娘们儿干啥都真给力啊，这才认真读起来，"日娃的老刘！我弄不死你！把我车抢哪儿了？快给老子送回来！是不是弄你场子去了？我警告你，你要敢卸料，我们走着瞧！"

"哈哈哈哈——"淇格淇听得哈哈大笑，"我的男人，你的大老婆要跟你走着瞧呢！"

"唉，有什么办法？"老刘一副满满"无奈"的样子，"我小老婆要，我能怎么样？"

"啵——"淇格淇奖励了老刘一个大吻，却又邪念再起，"咦？今天我们卸了几车料来着？"

"一、二、三、四……"老刘一回想，"五车吧？"

"那你卸了几次呢？"淇格淇一脸坏笑。

"四……次……"老刘已经感觉到什么了。

"那我帮你卸了五车，你是不是还差我一次啊？"

"……"老刘神经一抽，这女人，真不愧是草原上的狼啊……

事后，老刘担心镐头真做出什么过激反应，便把此事的前因后果编条短信，发给了孟青。还刻意将"镐头要让自己走着瞧"的话，也写了进去。

到得下午，老刘在起风时，于场站收到了回信。短信只有三个字："不担心。"

当天，老刘第一次学会了杀羊。虽然比杀骆驼容易太多，但因为要剥皮去腥，还是费了他一把劲。至于淇格淇，则一直在旁边叉着腰指导。搞得老刘有一种错觉：她才是大牧场的老板，而自己只是一个日夜兼职的苦劳工……

晚上，在发电机的助阵下，一桌子人大喝了一顿，淇格淇也喝了，她的酒量相当过人，至少，相当于三个老刘有多。

老刘也断片了，至于最后怎么收的场，完全不记得。只知道早上睡醒时，身上还残留着淇格淇特有的汗香，以及一脖子没法见人的唇印。

饲料一落定，牧场便进入了清闲季。当然，也不是没事可做，按牧场的年度计划表，以及哒楞制定的管理制度，牧户们有义务在这个季节，带上工具和材料，绕着大牧场跑一圈，将破损的围栏补上一补，一来避免羊群走丢，二来防御恶狼入侵。

这些事，倒不用老刘操心，淇格淇早已安排妥当。现在，刘老板已在牧民心中树立起了足够高大的形象，爱屋及乌，加上淇格淇本身也确实能干，牧民们也就逐渐认可了这个外来的小场长。甚至连朝场长都说，就是他继续做这个场长，也做不到淇格淇这么好。

几天过后，老刘知道，得趁着牧场清闲，回沙旗推进一大堆其他重要板块了。在淇格淇不舍和埋怨地目送下，老刘带着小姜，离开了牧场。

刚到棘嘎，便接到了镐头电话，出人意料的是，那家伙居然一点儿埋怨的话都没说，甚至还有点儿低声下气的，问老刘收了料，什么时候能打尾款。

老刘说："等羊吃上一阵没问题了给你打吧。"

镐头似乎不怎么情愿，但犹豫再三后，还是蔫巴巴说了句："行吧。"

挂上电话，老刘算是彻底弄明白沙旗的规矩了，那就是从来都没有规矩，谁有实力，谁就是规矩。

虽然他不知道孟青是怎么摆平镐头的，但还是给她发去一个"谢谢"。可以预见到的，这次，孟青没有搭理他。

沙旗的冬天很残酷，每年都有人因为喝多睡死在大街上。老刘想，可能这就是沙旗人少的原因吧。

不过，当冬季真正来临时，老刘收到了一条温暖的羊绒哈达，老宋给的。他说，得益于展会大获成功的连锁反应，羊绒衫拆改的哈达全卖完了，就剩最后几条，给大家留下做个纪念。

老刘惊得半天合不拢嘴。老宋还说，原本给他的不是这条，但沫雪说，这条适合他。

老刘看了半天，没看出来为什么这条适合，但至少把嘴合上了。

老宋又说，省级研究院获批了，同时获批的，还有"1234"课题的科研经费，高达六百多万，比他们原计划投资的都多，现在，谷博士正忙着重新规划课题。这钱，得一分不少地扎扎实实花下去。

老宋还说，基金做好投资准备了，就等腾出手来的龙国兵为工业园选址。为这事儿，赫兰甚至请来一位大师。据说，大师很有经验，算了三天，最后才指定了块地方，抬头一看，全是高压线……遂被龙国兵怀疑是当地派来的奸细，骂走了，但二十万的钱，蛮绒一分没有少给，是赫兰要求拨的。

老宋最后说，沫雪已经开始着手工厂改建羊绒文化博物馆的事，很上心，但有点儿力不从心，这里边涉及之事，太多。

此外，关于沙旗羊绒销路的事，老宋也交了个底：但凡叫得上号的品牌服装商，关键人都有了，话也已说到，就等着看明年的新货了。

"哈达还能继续做吗？"老刘听完这些，才回过味儿来。

"不一定。"老宋没摇头，也没点头，"现在市面上多起来了，全学咱，用次绒，比咱便宜不少。"

"而且，这个东西，就卖个新鲜，多了不稀罕。"

"所以就这么丢了？"老刘不太舍得，"不能卖他个人手一条？"

"……"老宋一脸无语，"老大，你还是把我卖了吧……"

"我倒有个主意。"老刘突然想起了泰绒那位大佬。

一个多月后，泰绒就和蛮绒签订了一纸合作协议。蛮绒将哈达产品独立拆分出来，转一部分股权给泰绒。泰绒则以其强大的体系做支撑，为蛮绒哈达提供有偿的原料及生产服务，并将线下销售渠道向其有偿开放，两家共享利润分红。

从这天起，蛮绒终于拥有了自己的第一个稳定收入来源，来得如此突然，如此意外。

其实，老刘一直到最后，都没有想明白，明明是因为羊绒服饰不好做，自己才想着去做羊绒的。现在，羊绒哈达杀出了一支奇兵，自己却居然就这么放任自流了？难道挣钱不重要，做什么才更重要吗？

他不明白，小谭、老宋也不明白，龙国兵、沫雪就更不明白，至于赫兰三人，则压根没想去弄明白。

他们都已经习惯了跟着老刘走，他们都觉得老刘肯定明白。

也不知蛮绒是不是搭讪上了哪位财神姐姐，除了各板块日子过得蒸蒸日上外，大牧场也迎来了一波利好。

当地为大牧场牧户安装风光互补发电系统的资金下来了，从此，牧户的小破房通了电，虽然功率不高，拖不起家电，但手机可以慢慢充电了，夜里，还能点上一盏灯。这在大牧场，是能载入史册的大事情。

一年一批的三口井也下来了，打井队下到大牧场，在老牧民的精心选点下，三口井打下去，竟然出了两口水。老刘掐指一算，等于又挣了一百个"达不溜"。

至于其他一些七零八碎的扶持政策，也一一在大牧场得到了落实。

几乎蛮绒所有的人都在庆祝，不断地庆祝，庆祝这一个接一个的好消息。

只有老刘，高兴之余，心中的担子却越来越重。他知道，这些都是锦上添花的事，但是真正的锦——羊绒，还根本没有着落。

挡在蛮绒面前的，是贾公，是联合总社，是贾公手下的几百上千个贩子，是联合总社下的各路合作社，是笼罩在沙旗草原上的，最庞大、最紧密、最顽固的一张利益网。

老刘直至现在，还没找到这张网的破绽。

淇格淇望着窗外的雪，发呆。

她以前是不发呆的。草原上的女人，爱就爱了，发什么呆？

但这次不同，她觉得，这个冬天跟往年都不同，想起某人的时候觉得很暖，但想起某人大多时间都不在的时候，很冷。

牧场的冬天确实没活可干，牧户们把羊往外一放，便不管了，羊儿会自己去觅食，吃饱渴了，会自己回圈喝水。要是没吃饱，也会"咩咩"地嚷着要玉米吃。

在大雪还没来临前，她便带着牧户们把围栏修补了，也不用担心羊跑掉或被狼叼走。

现在，孙老汉在家敲着羊板，巴拉兄弟在家喝着小酒，朝场长在家睡着大觉，只有她，在想老刘。

她有点儿不想当这个场长了，想跟老刘走，去哪儿都行。

但她怕要不当这场长，以后连见老刘的机会都没有了。

蛮绒的事，老刘很少跟她说，但她都知道，不明白，但知道。因为每次有人说起，她都竖起耳朵听。最近传来的都是好消息，但对她而言，并不好。

蛮绒飞得越高，她和老刘，就离得越远。只有在牧场时，她和老刘，才是一对。走出这片荒漠，她连老刘的衣角都够不上。

要是整个世界只剩下这大牧场，该有多好啊。淇格淇时常这样想到。

对蛮绒的多数人来讲，冬季是清闲且惬意的，但对沫雪不是，她正被博物馆的事搞得焦头烂额。

主题怎么立意，内容怎么支撑，故事怎么推动，空间怎么分割，动线怎么打造，板块怎么呈现……面对偌大一个工厂，她有点儿一筹莫展。

好不容易鼓起勇气，事无巨细开始摸索，却发现这根本就不是一个好干难干的问题，而是一个根本不知从何干起的问题。

听着蛮绒传来一个又一个捷讯，沫雪顿时感到有点失落。原本她一直觉得，自己品学兼优，一身本事，是"下嫁"了蛮绒团队。

但看看现在，其貌不扬的小谭像个"百晓生"似的满腹经纶，干起基金和研究院来周全细致，遇事处处打蛇七寸，矮小的身体里更是迸发着无穷的精力，感觉根本就没有他不会干和干不好的事。

再说说面带猪相的老宋。这人表面干啥啥不成，吃啥啥不剩，但就有这么神奇，见着谁都能处，谈啥事都能成，就跟自带七彩琉璃幸运星似的，人胆大包天，事还无往不利。

再想想自己，一个既不需要受人限制，又不需要跟人拉扯，纯粹只考验自己手艺的活儿，却连怎么开始都不知道。亏得当初姑妈有智慧，替那五千块的工资解了个围，要不然，现在自己拿着那一万，觉都睡不着。

唉，话说回来，要是那个嘴货来干这博物馆，他会怎么干呢？

他自己肯定啥也不会干，懒成那样，搜个资料都费劲，但他肯定会叨叨一堆看似很聪明的策略，然后像使唤傻子一样使唤别人去干。

"我是刘总裁，呵！"沫雪自言自语地比画着，"你们你们，还有你们，快，给我把羊抓来炖喽，我今儿个高兴，要大喝一顿！"

"请问……是沫老师吗？"突然，身后响起一个文雅的声音，差点儿没把她吓死。

等她转过身，发现整整齐齐站着好几个衣冠楚楚的年轻人，都用一种异样的眼光在看自己时，恨不得刚才真被吓死才好呢。

这下好了，人还活着，"社死"了，不但死了，还死得很难堪，不但难堪，还不得不面对面，继续难堪。

"我……是。"沫雪连自己名字都不想说了，这算是她为自己保留的最后一丝尊严吧。

"您好，您好！"对方领头一脸真诚。

"你好。"闻人沫雪强装镇定。

"我们是文化设计公司的,是刘总请我们来向您报到的。"看着老厂房,对方露出了迫切的渴望,"老厂更新,做博物馆。是吧?"

沫雪心中顿时一宽:果然,猴子又搬救兵来了。

但转念一想,心洼凉洼凉:接下来很长一段时间,她都要直面社死现场了……

"老刘!我顶你个鬼!"沫雪恨得牙痒痒:有事,你就不能先告诉我一声嘛!

文化设计公司的人见面前这位貌若天仙的美女一言不发,站在原地脸上青一阵红一阵,加上之前诡异的行为,心里已经戾了半截:这个甲方,典型的神经病啊!

"阿嚏!"坐在苍蝇馆子里,老刘莫名打了个喷嚏。

"沙旗冬天冷,刘总要多穿点哦。"龙国兵说着,给老刘满了杯酒,"来!喝一个,压压惊。"

"来!"老刘没含糊,两人一碰,一饮而尽。

"刘总,关于产业园,你有什么好的建议,我想听听你的意见。"

"没啥,老大哥你按你的干就行。这事你比我在行。"

"没有没有,我干个生产还行,让我干这么大个产业园,我还是有点儿码不实在。"

"进园区的厂子看好了吗?"

"联系了几家,也去实地考察过,应该可以。怎么说呢,优秀谈不上,但肯定能先把梳洗和染纺这摊子给撑起来。"

"产业园的设计院找了吗?"

"找了家本地的,还行,以前那个飞艇基地就是他家搞的。"

"可以让设计院跟厂子一起碰碰。"

"哦……"

"在这里边儿，我们就是个平台。通过大姐，拿块好地；结合设计院的建议和厂子的需求，搞个漂亮的园区；提供一些服务配套，预留一些发展空间，然后尽可能植入我们蛮绒品牌。"

"这事要省着钱干，还要干得快，很考验大哥你的手艺。"

"哦……这个，有道理！刘总，我没有看错你，果然是有大智慧的人！"

"哪有，就动动嘴罢了。"

"哪有哪有，这个嘴，不是随便谁都能动的！我干这么多年活儿，见过的老板多了，才明白，这活儿怎么都好干，但要把事儿想明白，不容易。"

"不说那些，来，喝着走！"

"走一个！"

两人分开前，龙国兵随口问老刘收绒的事怎么样了。现在就差绒了，别什么都准备好了，收不到好绒，就都瞎忙活了。

老刘说："放心，有数。"

事实上，这是老刘来沙旗干到现在，心里最没数的事。

这事他没找蛮绒的人商量，因为不仅没用，还会动摇军心，越到关键时候，团队的信心，比羊绒更重要。

这事他也没找蛮绒以外的人合计，也许有用但更可能会引来危险，将后背交给敌人，比羊更愚蠢。

只有一个哒楞除外，可跟他早已聊过，没有什么结果。

书上说，孤独不是一个人，而是没有一个人可以倾诉。

现在，就是老刘最孤独的时候。

· 第十二章 ·

鱼死网破

"丁零零——"一大早，天还没亮，老刘就被急匆匆的电话吵醒，淇格淇打来的。回想起她上次打来的光景，一定不是小事，大约不是好事。

果然不出所料，大牧场又出事了。

查干巴拉喝多了酒，夜里开车撞羊圈里去了，轧死、轧伤了十几只母羊，受惊跑掉的也不少，牧民们正满牧场找呢。

淇格淇怕人跑了，让人把查干巴拉扣住，哈尔巴拉便找上来闹事，扬言谁要挡着他，便见一个杀一个。

老刘听后很是无奈，却只问了一句："他俩谁是哥哥，谁是弟弟？"

"查干是哥哥，哈尔是弟弟。"淇格淇问，"你什么时候下来？"

老刘说："把人放了吧，拍些现场照片，统计下损失，然后让他俩来旗里找我吧。他俩的羊群，先找人临时代管一下。"

"这么大事你不来一趟？"淇格淇觉得老刘简直不可理喻。

"人没事，就不算大。"老刘不知道怎么跟她解释。

"是不是你们公司其他地方挣钱了，你就不想管牧场了？"淇格淇觉得这是唯一合理的理由。

"怎么会？牧场对我们公司是最重要的。"老刘只能这么说。

"那这么大事，你不来？"淇格淇就想问个明白。

"我真的还有更重要的事，牧场我晚些会去的。"老刘确实说不明白。

淇格淇再没说一个字，直接把电话挂了。

老刘长叹一口气，躺下又睡了。

当巴拉兄弟被淇格淇和朝场长"押"至沙旗时，老刘带着哒楞和小姜已在餐馆里等候，吃着驼煲，咕嘟咕嘟冒着香气。

"来来，饿了吧？先坐下吃饭。"老刘用筷子招呼着四人。

淇格淇气得差点儿掀桌子。这俩兄弟，一个喝酒，一个闹事，在牧场犯下"弥天大罪"，好不容易"押"来等着你处置，这倒好，还先请人吃上饭了！

"快吃！"朝场长倒是老练些，依言坐下拿起了筷子。

巴拉兄弟虽然不知老刘葫芦里卖的什么药，但来都来了，能咋？心一横，也坐了下来。

淇格淇本想坐老刘身边，一生气，坐一边儿去了。

"在牧场多少年了？"

"六年，七年了吧。"

"可还想继续养羊？"

"想，想……"

"那把损失赔了吧。"

"赔了我们还能继续在牧场干？"

"嗯。"

"不行！"

"你坐下。"

"就是不行！"

"你说了算，还是我说了算？"

"……"

"好，我们赔！"

"死伤多少羊？"

"死了七只，伤了七只，有两只可能救不活了。"

"该赔多少？"

"我们算过了，死的一只算八百，一共七千二百；伤的一只算四百，一共两千；加起来九千二百。"

"不对。死的一只算一千二百，九只一万零八百；伤的一只算八百，五只四千；肚子里还有羔子，没产，算二百，一共两千八百；羊绒没了，九只算一千八百；羊圈还得修，先算你两千。算算，总共多少？"

"刘老板！哪有你这么算账的！讹我们呢！"

"不给？"

"不给！"

"不给就走吧，钱不要你们赔了。"

"不行！"

"都让你坐下了，好好吃饭，你说了算，还是我说了算？"

"……"

"真不让我们赔了？"

"嗯，吃饭吧，吃完你们就可以走了。"

"刘老板仗义！饭我们不吃了，今天的事是我们对不起你，以后万一有用得上我们兄弟的地方，刘老板只管说。"

"好！不用以后，现在就有。"

"……"

"皮叔认识吧？"

"认识。"

"去找他，说牧场不要你们了，找他要活儿干。"

"什么意思？刘老板，你有话明说吧。"

"我想打听清楚，贾公到底是怎么把沙旗所有绒都收到手的。"

"就这事？"

"就这事。"

"简单。"

"不简单，要详细，一定要详细。"

"简单，把他喝趴一问，不就完了嘛！"

"……"

"那这事儿办完我们两清？"

"好。"

"好，刘老板放心，这事一定给你办妥了。"

"嗯。"

"走了。"

"记得别说是我……"

"知道，知道！保证他啥也记不得！"

"……"

巴拉兄弟是急性子，只在旗里歇了一天，就奔棘嘎去了。哥儿俩找到皮叔时，他正窝在修车厂里打牌，硬是被俩兄弟从牌桌上拖下来整饭馆里去了。

哥儿俩从牧场出事被"讹"说起，说到不欢而散，一怒之下走人，再到无处可去，来嘎上找活儿，你一杯我一杯，天都没黑，就把皮叔整晕乎了。

最后，还是查干巴拉主动说离开春没俩月了，能不能到时也带着他俩一起收绒，挣点儿小钱，这才把老刘想知道的事，从皮叔口中抠出来。

皮叔说，贾公有个联合总社，管着下面每个嘎子的合作社。

嘎长都兼任着合作社社长，而合作社则各自管着自己片儿里的牧户，以及牧户手中的羊绒。

每到收绒季，社长就安排些人，挨个儿下牧场去盯着牧户抓绒。一个两百只羊的群，一户牧民要抓两周才能把绒抓完。这期间，合作社的人吃住都在牧户家，抓下的绒装满一袋，就当即称重贴条入库，直到整群抓完，再用皮卡车拖回嘎子上。

最后，等嘎子把片儿里的绒都收齐了，再用大车拉到总社，交给贾公入库。

皮叔说，社里的钱一般都不够，所以每年贾公会先给一部分钱到社里，才能把绒收上来。等把绒交给总社后，贾公扣除先前给过的，会再给社里结一点，但也不给完。一般要等到总社把绒卖了，才结清。

这样，就能避免社里给绒掺假。一旦掺假，尾款收不到不说，第二年收绒的钱也没处来。

"那贾公的钱哪儿来的？"哈尔巴拉很好奇。

"集资的。"皮叔说，"总社里有的是有钱人，大家份子一凑，就有了，钱生钱嘛，等绒一卖出去，光差价都够他们挣了。"

"所以，那些假沙旗绒，都是贾公混的？"查干巴拉好似发现了什么天大的秘密。

"可以这么说吧，也有个别社子和散户会自己混，但不多。"皮叔喝得有点儿不行了。

"你们也能挣不少吧？"俩兄弟都很关心这个问题。

"贾公知道你多少钱收的，他能让你多挣吗？说到底，我们这些社子，就是一伙看家跑腿儿的贩子。"这是醉倒前，皮叔说的最后一句话。

巴拉兄弟将皮叔所有的话，都一句不落地带给了老刘。他们觉着这些话可能不值两万块，但毕竟也尽力了。兄弟俩合计着，要是老刘还不满意，实在不行，他们还是把那九千二百块给赔了，这话算送的。

不过，老刘听后，再没找他俩要钱，只说了俩字：两清。

睡了一晚好觉，早起洗个热水澡，裹上身厚厚的羽绒服，老刘来到沙旗唯一的公园里，散开了步。

按皮叔的话说，贾公通过总社集资派款的方式，控制了各嘎合作社，合作社则通过出人出力，来控制羊绒。

前者赚的是差价，后者赚的，其实是辛苦钱。

要保证绒的质量，后者无法替代，那蛮绒要做沙旗绒主，就只能取代贾公。

钱，蛮绒有，但光靠钱，要短时间从贾公手里夺下几十个嘎子，并非易事。

这张大网运行很久了，信任和规则不是一天建成的。稍有不慎，不但真绒没收到，还会被人请君入瓮，将别人喂成脑满肠肥的混绒大户……

不过，既然嘎子挣的是辛苦钱，那蛮绒应该有机会才对……可机会又在哪儿呢？

沙旗公园不大，却难得有一汪池塘。不过，在这个季节已结结实实地冻了层冰。难得的是，为了保护池塘里的小生命，公园在冰面上凿开了不少洞，绕着湖边大大小小数十个。

可能是工人偷懒，或为安全起见，洞大多离岸不远，从湖边步道走过，能清楚地看到，有不少鱼儿，挤在洞口换气。

嘿，要是这一网下去，能搞不老少啊！老刘贪婪地想。转而又想到这是多亏了沙旗没水，所以这里人几乎不怎么吃鱼。

要不然，这些下酒菜哪还挺得到现在？

鱼儿啊鱼儿，你们就偷着乐吧！

鱼儿……

鱼儿……

网鱼……

鱼死网破……

对啊！鱼死网破！

不！鱼不能死，但网必须破！

我老刘撕不烂解不开的网，鱼可以破啊！

只要鱼够多、够重！他贾公拉不动那张网，网不就自然破了吗！

加钱！加钱！再加钱！

只要收绒价格足够高，靠每年集资周转那点儿钱，他贾公根本就收不起这张网。就算他真能筹来那么多钱，他敢跟蛮绒豪赌吗？

蛮绒有自己的品牌，高价收的绒，一来可以自己做哈达，二来可以卖给顶级服装商，三来甚至可以囤积居奇，根本不着急卖！他贾公敢吗？

更何况，只要这五十吨沙旗极品绒在手，老子还有一百套欺行霸市的后手组合拳，他贾公一个吃下瞒上的倒爷，拿什么跟老子比？

不过，就算网破了，但那些不知从何而来的假绒怎么办？可别忘了，沙旗羊绒假货率百分之九十七点五呢……

对，这网不能全破，嘎子还得在！嘎子就是大网下的小网，只要小网不破，大网就是碎成渣儿，外面的杂鱼也进不来！

所以，这引鱼破网的饵，需要下得猛，还需要下得巧！

走着，想着，想着，走着，沙旗公园迎来了清晨的第一缕阳光。阳光将孤独照出影子，影子看着孤独，孤独也看着影子，看着看着，两人一并笑了。

沙旗的冬季虽冷，却过得很快，倒不是因为这六个月的冬季时间太短，而是除了喝酒，确实无事可做。

其间，大牧场只来过两次信儿。

第一次是说突遇大雪，走丢了一个羊群，大家找去了。

第二次是说找到了，羊群抱团儿取暖，躲进山坳子里，一只也没丢。

本来应该还有第三次、第四次、第五次、第六次……但淇格淇没有发，她实在想不到充足的理由，让老刘在这凛冽的寒冬下去牧场，所以其他的信儿，都在编好后，删了。

在最冷那个月，淇格淇将自己裹成熊，骑着摩托，上了趟棘嘎，给大牧场的羊白白买了很多常用药。望着通往沙旗的大路，她犹豫了很久。

但最终还是掉转车头，拉着一麻袋的药，回去了。

药，不急在这一个晚上，但她害怕，害怕沙旗那个老刘，终究不是她的老刘。

好在冬季过得很快，大牧场终于在三月迎来了今年的第一羔，出生在老实巴交的孙老汉家，是个公羔子，落地在神树下，一小时后便站了起来，很健康。

淇格淇赶紧将这个好消息发给了老刘。同时也宣告着，大牧场的产羔季，来临了。

老刘看着信息，盘着这事儿算不算大，要不要象征性地下去一趟。但又想着，这产起羔来，牧户们根本就顾不上搭理他这个伪领导，去了岂不尴尬？

于是作罢。不过，他还是回了一条信息，问她说："神树是啥？"

淇格淇没回，应该是跟羊群去了。

基金已开始良性运转，课题研究已全面展开。整个冬季，最忙碌的当属沫雪和龙国兵了。

博物馆的改建方案于早些时候通过了老刘和赫兰的批准，进入了施工期。

工业园的地也到手，并很快完成了方案设计。这些在大城市需要费力筹备的事，在这里，反倒异常简单。

当然，老尕之流依然在蛮绒拍得土地前，跳出来唱了出戏，大致意思是说，搞园区会污染环境。

这次，连老刘都没有吭声，当地领导便直接把火灭了。产业是利国利民的大事，好不容易引来一家干实事的企业，你一个站长，咋就这么多事儿呢？

倒是哒楞，将自己这一年在沙旗和牧场的作为，写成一篇报告，上报给了旗里，获得了旗里的高度肯定。

老刘没有看过报告，这个事本来跟他无关，但他有些担忧，因为哒楞这年干了啥，他再清楚不过。

这篇报告，与其说，是哒楞的工作汇报，倒不如说，是蛮绒的工作总结。老刘有种睡着觉，被人掀了被子的感觉。

然而，此事却无处追究。因为这是哒楞个人的事。说白了，他老刘介意的，只是哒楞行此举前，并未征询他同意。可严格上讲，此事，原本无须他同意。

老刘心里，隐隐感到有些不安。

就在老刘还没想好怎么跟哒楞说时，大牧场传来好消息：一千只母羊，产下了九百六十六只羔子，产羔率远超往年。

这条消息还有另一层意思：刘老板，你该下牧场了。

于是，老刘这便带着哒楞和小姜下去了。

路上，老刘问哒楞："你的报告咋样，旗里有什么反应？"

哒楞笑着说："多亏了刘总，跟着刘总学了很多，领导都说有想法、有成效，让我跟刘总配合着继续好好干。"

"你报告里提了我们？"老刘问道。

哒楞笑了，看起来很憨厚，却没有回话。

老刘知道答案了。

新春的羔子特别可爱，小小的，比手掌大不了多少，却已是一身白绒绒，腿细得像筷子，踩在沙砾上，摇摇晃晃，一眨一眨的眼睛，跟没睡醒似的。

跟成年羊的谨慎胆小不同，小羔子一点儿不怕人，见着人影就往跟前凑，没事儿还在人裤腿上蹭蹭，擦鼻涕似的，让人哭笑不得。

牧民们都把羔子当宝似的，连老刘多抱一会儿都不放心，笑着客气着，便把羔子抢走了，还美其名曰，别把老板的衣服弄脏了。老刘明明刚还看见孙老汉在他那只"牧场第一羔"的身上亲了一口呢。

羔子长得很快，一般前半年跟着母羊一起养，半年后就得单独分出群来，顶替到了岁数的老羊。

不过，这都是淇场长该操心的事，老刘这次下牧场，除了庆祝下产羔大吉外，最重要的，是要开始安排抓绒的事了。

冬季已然过去，该长的绒都长了，要在天暖绒毛自己掉落前，用一柄小小的钢爪将绒从羊身上把下来，这便是抓绒。

说来简单，真干起来，实在累人。累的不是抓绒，而是抓羊……

绒分散在羊身上不同的部位，脖子下、背脊上、肚子下、尾巴上，所以要将绒抓干净，得先把羊白白抓起来五花大绑上，然后才能"肆意妄为"。

按大牧场最新的管理制度，每只羊抓完绒后，还得称重、记录、贴标等，这一抓一放，个把小时就过去了。所以，一家牧户按两人算，一天，最多也不过抓个十几二十只。

老刘也尝试了下，崩溃了。抓羊半小时，捆绑半小时，抓绒一小时，放羊半小时。其间，被羊踹了两蹄子，顶了一肚子，还被喷了口臊气，就差蹦他头顶上屙屎屙尿了。

大动肝火后，老刘打算当晚就炖了它，要它好看。不过，听小姜读秤说这羊居然产了一斤八两绒后，老刘最终还是决定放它一羊。

没等到牧场抓完绒，老刘就急匆匆地带着两人回沙旗了。他还有更重要的事要做，大牧场在抓绒，草原上都在抓绒。这些绒的归属之战，即将上演。

在老刘回到旗里的第三天，沙旗当地突然发布了一则通知，关于从今年起，每年为沙旗羊绒出台收购指导价的通知。

今年的原绒收购指导价，每斤不低于二百元！

沙旗草原顿时哗然！

之前，贾公收绒，是按总社的到手价——二百元每斤，这包含了羊绒的收购价、合作社的中间价，以及从牧场到旗里的运输成本等。所以，最后实际落到牧民手中的，不足一百五十元。

现在这指导价一出，意味着牧民卖价就能到二百元，足足提高了百分之三十！

这还不是最关键的，关键的是，随着指导价政策的出台，蛮绒随即也发布了收绒公告，宣布不限数量，尽数收购沙旗羊绒！且在指导价每斤二百元的基础之上，若羊绒经过嘎子合作社认定为纯正的沙旗羊绒，便在指导价之上，再加每斤七十元的奖励！其中二十元奖励给牧户，五十元奖励给嘎子！

如此一来，牧民到手变成了二百二十元，比以前提高了百分之五十；合作社则一分不掏，坐地净赚五十元。

并且，在公告中，蛮绒也再一次强调了种羊租赁费退还之事，跟之前的说法保持一致，牧户将绒卖给蛮绒，蛮绒将全额返还种羊租赁费。

当然，为避免被人当傻子，蛮绒也做出了严厉警告：但凡发现有混绒者，若为牧户掺假，则绒不收，费不退，纳入黑名单，三年不予收购；若为嘎子掺假，则当年全嘎所有羊绒取消每斤七十元的奖励，不予姑息。

在这产绒大季，一丁点儿关乎羊绒的风吹草动，都会引发草原的议论，更别说这一官一民的两则重磅炸弹了。消息瞬间点爆沙旗，嘎子牧民争相热议，就连做羊肉买卖的都开始担心此举会引得肉价上涨。

贾公第一个怒了。他是聪明人，没找老刘，因为他知道，老刘就是冲着他来的。

他找上了旗里，质疑官方为何插手市场的事，将羊绒价格提得这么高，对沙旗羊绒在市场上的竞争力是重大打击，一旦沙旗羊绒滞销，将影响到整个沙旗羊绒产业，乃至牧民的生存。

旗里说，沙旗羊绒是这世上最好的绒，就值这个价，就应该卖出良心价。至于说沙旗羊绒的市场竞争力，有人愿意高价收，则恰恰说明其体现出了市场价值。说到牧民，旗里笑了，甚至略带讽刺地反问贾公："要你是牧民，你觉得，绒应该卖一百五十还是二百好？"

贾公从旗里出来，吃了一肚子瘪。他分明察觉到，旗里早被老刘洗过脑了，他的所有理由，对方都有充分的准备，甚至旗里可能还做了保留，要不是他还挂着联合总社社长的职务，估计都能被损得体无完肤。

跟着他找上老尕，这个人，办不了大事，但至少跟自己一伙，找人合计合计也成。可奇怪的是，在这个关键的当口，老尕居然被派出去学习了，相关工作由他人代管，根本就插不上手。电话里，老尕的话很有深意，他说："算了，你我都是五六十岁的人了，吃了这么多年羊肉，也该戒戒荤，吃吃素了。"

贾公很不甘心，他辛辛苦苦十几年建立起来的根基，怎么可能一夜之间便土崩瓦解？于是他紧急召开了一次联合总社大会，合作社的社长们总算给了面子，大多都来了。会上他强调保持定力，维持市场秩序，严禁为了短期利益将绒卖给蛮绒，若有违者，严惩不贷。

一开始，社长们默不作声，直到一个人说："手上没钱，买不起今年的绒，还望总社给予支持。"于是这话便成了所有人的"共鸣"。贾公瞬间看到，这些多年的战友，在利益面前，竟然化作了一个个向他伸手要钱的穷死鬼！

从会场出来，他突然感觉很孤独，原本站在沙旗羊绒顶端，被众人追随的猎食者，现在竟成了独狼，还是一只垂垂老矣的独狼。

他现在只想找个人说话，却发现能听他说话的，不愿听；愿听的，他不愿说。想了很久，他拨通了老刘的电话。

老刘找了家还算体面的餐厅，订了个小包间，点了个羊排和几盘凉菜，却备了三瓶上好的酒。

贾公走进包间时，老刘已倒好酒，没有动筷子，羊排整根整根地摆在盘子里，热腾腾的，冒着香气。

初春有些冷，屋里开着空调，贾公突然觉得，似乎，也还好。

"刘老板，你好啊！"

"贾公好，快请坐！"

"嗬！这酒不错啊！"

"不错多喝点儿！"

"怎么，刘老板有喜事？"

"哈哈哈哈，给贾公贺喜。"

"我哪儿有什么喜事，刘老板真会开玩笑。"

"有，我说有就有。"

"好，那我倒要听听。"

"来，我们边喝边说。"

"刘老板打哪儿过来？"

"大牧场。"

"今年丰收了吧？"

"嗯，产羔九百多，产绒五千斤的样子。"

"嘀！大年啊！"

"初到贵地，托贾公的福了。"

"哪有，刘老板是有大智慧的人。"

"过奖了，聪明是有一点儿，但还是仰慕贾公。"

"怎么，听刘老板的意思，要不咱俩换换？"

"哈哈哈哈，好啊，换换就换换。"

"哈哈哈哈，你说的，我当真了？"

"当真。"

"当真？"

"当真。"

"哈哈哈哈，刘老板真会开玩笑。"

"我是真的当真。"

"真的当真？"

"嗯。"

"什么意思？"

"你来收绒，我来卖。"

"刘老板，你这就不对了，明人何必说暗话？"

"就因为贾公是明人，我才说明话。你帮我收绒，我来卖。"

"你看你看，我来收绒，和我帮你收绒，是一个意思吗？"

"是啊。"

"这怎么能一样呢？"

"贾公，你没有好绒可收了。"

"那我为什么要帮你收？"

"那你以前为什么要收？"

"那是我的绒！"

"那是沙旗的绒。"

"我收了，就是我的！"

"你收了，它也是沙旗的。"

"但那是我收的。"

"不管谁收的，它都是沙旗的。"

"刘老板，你究竟想说什么？"

"贾公，我来沙旗前，一直想着怎么把沙旗绒都收入囊中，现在我做到了。但我发现，沙旗绒，无论在谁手上，都改变不了它是沙旗绒的本质。"

"我可以卖很高的价，可以赚很多的钱，但沙旗绒还是沙旗绒，卖给谁，卖到哪儿，都是沙旗绒。"

"赚钱是我的特长，但收绒不是。"

"如果贾公不介意，来我公司，帮我收绒。我只想带着大家一起赚钱，收绒这事儿，太累，我不想干！"

"……"

"……"

"刘老板，你是干大事的人！"

"贾公这是同意了？"

"你真放心让我给你干？"

"不是特别放心。"

"哈哈哈哈……"

"但我觉得，贾公，你今年六十了，干这么多年绒，应该不缺钱了吧？"

"这话说的，谁还不想多挣点儿？"

"比起挣钱，能安安稳稳继续做自己喜欢的事，并且有朝一日，看着沙旗绒在自己手中成为世界羊绒的骄傲，比起这些，多挣些钱，好像，也没那么有吸引力吧？"

"……"

"……"

"刘老板，我今天找你，本身只是想找个人，说说话，然后就退休了的。"

"六十了，钱也挣够了，比不过你们年轻人，认输了。只是想在认输前，知道自己是怎么输的。"

"现在我知道了，沙旗羊绒这场仗，我赢不了。今年赢不了，以后也永远都赢不了。"

"老实说，我不想给你打工。输就输了，没什么大不了，六十岁了，早忘了怎么低头。但如果刘老板真能给我一个体面的事干，我会认真考虑的，跟钱无关，干了一辈子了，给羊绒一个交代罢了……"

"贾公，换别人，我只会跟他说待遇和利弊，你不一样。这么多年下来，你本身就是沙旗羊绒的一部分了，能由你带着沙旗羊绒走出沙旗，才是对沙旗羊绒的最大尊重。"

"实话说，政策一出，很多嘎长都给我来过电话，要来见我，我都没答应。我懒，我不想做，也做不了沙旗羊绒的图腾。"

"在我的计划里，你是不能倒的。我在等你找我，即便你不找我，我也会找你，只不过晚一些罢了。"

"我们没有冲突，在你的世界里，沙旗羊绒是你的全部。在我的构想里，沙旗羊绒也是你的全部。只不过，沙旗羊绒，不是我的全部。"

"蛮绒才是你的全部。"

"蛮绒也不是。"

"那什么是？"

"我第一次来沙旗，在大牧场那晚看见的天，天上的银河，银河下的大地，那片大天大地，才是我的全部！"

"大天大地……"

"嗯，大天大地。"

"好！刘老板，我跟你了！"

"谢过贾公！"

"……"

"……"

· 第十三章 ·
钻石纤维

很快，贾公摇身一变，成为蛮绒科技副总裁的消息"不胫而走"，沙旗草原的牧民再次陷入迷惑。

"所以，以前是卖给贾公，现在还是卖给贾公？"

"是……也不是。"

"那到底是不是？"

"反正，还是贾公收，但好像是帮刘老板收。"

"那是贾公收了，再卖给刘老板？"

"不是，好像是刘老板直接收，但贾公帮忙收。"

"那不是一回事吗？"

"不是一回事。"

"咋不是一回事？"

"真不是一回事。"

"那贾公到底收不收？"

"收，是贾公收，也是刘老板收。"

"那是两家都在收？"

"不是，是贾公收，但贾公是在代刘老板收。"

"那不就我先前说的吗？"

"不是！"

"算了算了，你个屁货，搞不懂净瞎说……"

"我……"

总之，无论怎样，在蛮绒的政策和贾公的操持下，原汁原味的沙旗羊绒，源源不断地从嘎子运来旗里，一字儿排开在了总社仓库外的路边。

老刘请来了龙国兵和谷博士的团队帮忙，前者负责跟贾公一起盘货入库，后者负责抽查检测，好一幅热闹的景象。

小姜跟老刘说，沙旗每年只会堵一次车，就是这个时候。为此，他还专门开车去插了个队，说，还是体验一下吧，下次再有这机会，得等到明年了……

羊绒确实是顶级的纤维原料，一个一人高的编织袋，连压带挤，满满当当塞满羊绒，也不过二十斤。一辆准载二十吨的卡车，任你怎么装，也装不下一吨羊绒。

所以，贾公很快便发现，总社的仓库不够用了。往年他收绒，都是吆喝着下边人陆续往上送，自己边收边卖，仓库怎么都够用。

没承想，今年这蛮绒把价一抬，所有牧户都担心赶不上趟，起早贪黑把绒抓完送来。而老刘这边，压根就不打算现在卖。这样一来，仓库顿时紧张。

"其他地方还有库吗？"老刘发现，这居然还是个不大不小的问题。

"大库没有，小库不顶事。"贾公摇摇头。

"露天放呢？"老刘皱皱眉。

"刮风下雨不安全。"贾公也没辙儿。

"租个地下停车场放？"老刘脑洞大开。

"沙旗没有地下停车场……"小姜在旁撇嘴。

"……"老刘将沙旗所有的地方都在脑子里过了一遍，却着实没有想到什么靠谱的地方。

　　就在这时，远处反射过来一道刺眼的阳光，老刘下意识地用余光瞥了瞥，整个人都定住了。

　　"刘总？"小姜见老刘发呆的样子，拿手在他眼前晃了晃。

　　老刘没说话，抬起手，指向沙旗最远处最宏伟的建筑——飞艇基地！

　　"就它了！"老刘隔空说道。

　　几天后，这座荒废已久的飞艇基地，迎来了它的新主人。站在基地门口，仰望着恢宏的空舱，老刘起了一身鸡皮疙瘩。他有种蚂蚁爬进凌霄殿的感觉——这座奇葩建筑，太庞大了！别说这小一百车羊绒，就是把这一百台车叠着放进去，也不过是芝麻绿豆喂驼子——打了个底儿。

　　"好，很好。"老刘打了个寒战，走了。这种被巨物笼罩的压迫感，他这辈子不想再有。

　　话虽如此，但飞艇基地被人接管的事，让蛮绒在沙旗又火了一把。别的不说，单论在沙旗小酒馆的热议排行榜上，此时的蛮绒，已无可争锋。

　　收绒之事，大局已定，有贾公操持，好绒跑不掉，混绒进不了。半月过去，足足六十吨地地道道的沙旗羊绒，被蛮绒吞进了基地。

　　一开始，老刘还怀疑这个数超过了产量，但听贾公说，很多绒，是因为往年价格不理想，被嘎子或牧户囤下了。今年这一波，几乎把沙旗所有的产量和往年的囤货，都一网打尽了。

　　贾公还跟老刘透露，为了避免有人浑水摸鱼，他还联合镐头，当了回路霸，将外地通往沙旗的大路，全部设了卡，根本没让外地拉绒的大车往里进。

　　至于镐头，也乐见其成。毕竟，贾公将拉绒的活儿都派给了他。

　　老刘听得不住点头，果然，阳春白雪的事自己可以拿捏，但下里巴人的活儿，还得靠这帮地头蛇。

馋着眼，看着绒飘进自家腰包，老宋第一个坐不住了。他找上老刘，希望能带一批优质客户来看绒，也展示展示蛮绒的口碑和实力。

老刘自然清楚，老宋等这一天太久了，但仍然不是时候，不是最好的时候。他让龙国兵先挑选一批最好的绒出来，不计成本以最好的工艺梳洗出来，跟着，便带上老宋、沫雪和谷博士，直奔帝都而去。

老宋看着舷窗外的云朵，满脑子的羊绒。自从老刘将收绒价提到两百七十元一斤后，他就一直牵挂着这事。按以前的行情，好的时候，沙旗精绒能卖到接近六百元一斤。但问题是，两斤原绒才能梳洗出一斤精绒。换句话说，除开梳洗成本，一斤沙旗绒只剩下几十块钱的利润。

当然，有一把客户在手，有垄断资源在握，有蛮绒品牌加持，卖价肯定会上升不少，但究竟能卖多少，他心里也没数。

走着看吧，大家伙儿前边做了那么多事，总不能最后垮在我这一关吧？老宋想着，看了眼谷博士，这个脑大无心的博士，已经早早睡去。自从这货加入蛮绒团队，就跟没有加入一样，带着两个学生，不在实验室鬼混，就在牧场溜达，偶尔才回一趟岚山。你要说他们搞出了点啥吧，好像真没搞出个啥。但你要说他们一点啥没搞出吧，又好像搞出了点啥。总之，就跟这云朵朵一样，远远地飘在半空，像羊像马又像狗——就是不像钱。

闻人沫雪还挂记着博物馆的事，历经小半年的设计改造，眼看要临近收官，本想下大力气再抠抠细节，整顿整顿，好交出一份完美的作品，结果却被老刘临时叫走，心下很是不爽。

咱们这位总裁，总是一副自以为是的样子，有事不说明，也不跟人商量，好像全世界就他最聪明，抖不完的鬼主意。

先前问他去帝都干吗，为啥非让自己去，这个衰人居然说去献个丑，我合适吗？我丑吗？我丑吗！我丑吗？！看看"外星人"小谭，瞧瞧"葫芦娃"老宋，瞅瞅"眼镜猴"谷博士，我是蛮绒唯一独有仅存的颜值担当好不啦！

唉，算了，眼瞎也不能都怪他，本身脑子里只有钱不说，眼珠子还都长猪腰子上了，最是人间劝不住，痴男怨女猪上树。

一行四人抵达帝都，一落地，老刘便给老宋和沫雪派了活儿，至于谷博士，则让他自行安排，等候通知便可。

沫雪得到的指令是筹备一场类似鸡尾酒会的活动，规模限定在五十人以内，选个雅致点的地方，精心布置，充分植入蛮绒品牌，巧妙体现羊绒特色。

老宋则带上老刘，挨个儿拜访了各大服装品牌商的采购负责人，简单介绍了一下蛮绒品牌及今年新到的沙旗绒，却绝口不谈价格，只说看了货再说。

一周后，龙国兵来电说，成品绒出来了，因为刻意挑选了最细腻的肩部绒，加上精心梳洗，这一批绒可谓是沙旗绒中的极品。按龙国兵的说法，他已经很多年没见过品相这么漂亮的羊绒了。当然，因成本过高，先只梳了二百斤出来做样品。以后的，看客户需求再说。

万事俱备，老刘带沫雪和老宋又去了趟拍卖行，这才把此行的计划和盘托出。

"拍卖？这就是你说的锦囊妙计？"沫雪很是无语，这么平平无奇的主意，自己原先怎么没有想到。

"嗯。"老刘举重若轻。

"拍好了还行，万一冷场，不会适得其反吧？"沫雪有些担心。

"冷不了。"老刘一脸淡定。

"你就这么肯定？"沫雪嘴里这么说，心里却很踏实。

"等着看吧。"老刘摆出一副"普信男"的样子。

很快，一场小范围的酒会在帝都举行，老刘和老宋的诚意打动了不少品牌商，熟人生客来了不少。舒适的环境，轻松的氛围，搭讪天花板的幽默谈吐，销冠葫芦娃的萌蠢表现，才女颜如玉的聪慧大方，很快将现场气氛带动起来。

投屏上循环播放着牧场各季原汁原味的录像，牧羊的、喂羊的、抓绒的、配种的，羊羔一出，那呆萌的可爱劲儿，引得观众们阵阵惊叹。

尤其是中央吧台处，如奢侈品般地展示在聚光灯下的沙旗白羊绒，很快成为众人谈论的焦点。老刘没有给这些绒特别冠名，只简单放置了两块精致的玻璃牌，上边写着"沙旗白羊绒"，再有就是在玻璃牌下，压着几份官方检测机构新鲜出炉的关于送检羊绒的检测报告，仅此而已。

但恰恰就是这几团白花花的尤物，沙旗羊绒的故事，以及检测报告上的数据，给了这些圈内人士以交流的话题。在这种场合，话题，永远比内容更重要。

就在酒会进行到温热时，一位大方干练的拍卖师闪亮登场，举起话筒，没有烦冗的陈述，便介绍起了这次酒会的一个轻松插曲——羊绒拍卖。

不那么正规，也不那么随意，大致意思就是蛮绒准备抛出今年首批上市的一百千克沙旗白羊绒，品质跟展示品保持一致，有兴趣的可以开个价，如果能够成交，展品可以带走对比。

更重要的是，拍走这一百千克羊绒的品牌商，具有在同等价格条件下，优先从蛮绒购买沙旗白羊绒的资格。

拍卖师话刚说完，早在一旁候着的谷博士便实在"忍不住"了，走上台，接过话筒，就着沙旗白羊绒和产研院"1234"项目的优势特点来了个地毯式轰炸，情绪激动，唾沫横飞，像极了一位不谙世事的老学究。

"这也是你安排的？"沫雪悄悄地在老刘耳边问道。

"嗯。"老刘老实承认。

"真可以……"沫雪着实没有想到，平时看起来老实巴交的谷博士，居然这么会演。

"人才啊……"老刘也属实没有想到。

谷博士讲完后，甚至还来了段愿景畅想，把提高羊绒品质对改善人类生活品质的影响，几乎快拔到了人类第一次穿上兽皮的高度。

别说沫雪了，就连老刘听着，都直起鸡皮疙瘩。

现场的嘉宾们听着，却别有一番体会，像在听科普，又像在听故事。科普的部分，深入浅出，头头是道；故事的部分，天马行空，有滋有味。为这场原本就那样的酒会，增添了浓重的一笔。

一阵热烈的掌声送走了谷博士，终于，迎来了拍卖正题。拍卖师以八万元为底价，一千元为增幅，抛出了这一百千克沙旗白羊绒的标的。

一百千克不多，但也不算太少，高端走量的品牌可以用来做样品，奢侈走价的品牌可以用来实产。以八百元每千克的价格起拍，溢价不多，总价不高，应该是大家都能"随便玩玩"的范围。这个量，这个价，老刘已权衡再三。

而且，嘉宾们都知道，这一百千克绒，一定是沙旗绒中最好的，买不了吃亏，买不了上当。毕竟这次拍卖暴露在行业人的目光下，若是事后被传出品质不行，蛮绒无异自毁"钱"程。

至于说附带的优先购买权，这话说起来不重，听起来分量却着实不轻。老刘和老宋通过前几日的拜访，已大致将沙旗绒尽归蛮绒的信息释放出去。换句话说，这行业中最好的绒，都在蛮绒手中了，量不大，但再无第二家。

谁掌握了这批绒的主动权，谁的服饰就有了品质的话语权。用这一百千克的高价绒，抢得五十吨顶级绒的优先购买权，怎么看都不吃亏。

就这样，各位闲庭散步的品牌商，你一举我一举，轻松惬意地在毫无压力的情况下，将价格举到了近二十万，算下来，已超过普通沙旗绒市场价的三倍。

就在现场转入沉默，等待着拍卖师宣布成交时，一只手，在远处举了起来，比出了"二十二"。

"二十二万！"拍卖师指向远处，嗓音中充满了职业式的惊喜。

嘉宾们回头望去，那人缓缓取下鸭舌帽，一张熟悉而陌生的面孔出现在众人面前。熟悉是因媒体杂志上见过太多，陌生则因很少能如此贴近，更不敢相信能在这么个小酒会上见着。

这是一张在羊绒界独一无二的面孔，崔泰的面孔。

"崔总！"呼声一出，现场顿时躁动起来。

众人几乎忘了拍卖，纷纷向大佬围去。说起来，在场的人，都应该算是崔泰的客户，但却瞬间变成了粉丝见面会。人的名儿，树的影儿，人行业大佬的地位在那儿摆着呢，你便是客户，又能怎样？

"他咋来了？"老宋来到老刘身边，神色警惕。

"我请他来的。"老刘笑了，他之前是请崔泰帮他这个忙，拍绒时来抬个价，崔泰也应许了。只是万万没想到，他本人亲自来了，还来得这么低调，这么朴实，直到最后一刻，才真人露相。

"你让他来帮我们的？"沫雪有些不敢相信。

"我担心万一咱绒没人要……"老刘耸耸肩。

"呵……"沫雪不知说什么好了。有这么个大佬的关系，你就这么用？大炮打蚊子，暴殄天物。哦不，暴殄大佬啊！

崔泰跟众人客气一番，拍拍老刘肩膀，没做逗留，走了。

于是，酒会的话题改变了方向，大家开始讨论崔泰为何会出现在这里，为何会莫名其妙地拍走这一百千克绒。

直到一个"聪明人"出现。她说，崔泰拍的不是这一百千克绒，而是那五十吨沙旗绒的优先购买权！

泰绒，也看好小市场，要进军高端原绒了！

很快，大家意识到了什么，纷纷回头主动跟老刘等人熟络，希望能尽快找时间前往沙旗，看看新出的绒品究竟怎样，如果可以的话，早些将今年的采购合同定下来。

要知道，万一泰绒捷足先登，把沙旗绒包圆儿，他们可能连跟泰绒议价的资格都没有，到时泰绒说怎么卖，就怎么卖，说卖给谁，就卖给谁，高端原绒的市场，就要变天了！

只是他们可能还没有真正意识到，根本不用等泰绒，横空出世的蛮绒，就要让高端原绒市场彻底变天了。

"老大，咱的绒，卖多少好？"返程路上，老宋问老刘。

"你想卖多少？"老刘反问。

"看今天这个架势，一千二得卖吧？"老宋小心地说道。

"一千八。"老刘自信满满。

"一千八……"老宋咽口唾沫，"有点儿高吧？"

"你往一千八去谈，最低不下一千五。"老刘敲了敲飞机小桌板，"任何一家都不要卖多了，限量。卖不完的留着，明年还能再涨。"

"为啥？"老宋有点儿听不明白。

"现在，只有我们手里有最好的绒！"老刘霸气回应，"你记住，谁从我们这儿买了绒，谁就是我们的合作伙伴，在宣传沙旗绒的同时，一并帮他们宣传出去！"

"更重要的是，谁没在我们这儿买绒，也一定要大肆散布出去！我要让市场知道，不在我们这儿买绒的商家，就不配做顶级羊绒服饰品牌！"老刘的眼中，透出一股浓浓的狠劲儿。

"哦……"老宋擦擦冷汗，"那万一人家只买一点儿呢？"

"所以你要建个详细的台账。"老刘传道授业，"拉着龙国兵一起，研究所有购买我们羊绒的品牌商，追溯他们将我们的绒都用到了什么地方，做了什么产品，卖了多少，还剩多少。"

"也包括他们产品的溢价，客户群的定位，市场的反应，竞品的表现，好的不好的，客观的不客观的，都要往深了挖。"

"我们一定要像客户自己一样，了解我们的每一个重要客户，才能将最适合的绒，在最需要的时候，以最有利的价格，卖给他们！"

"钻石，只能卖给爱情。羊绒，只能卖给品牌。"

"这才是钻石纤维，真正的含义！"

说完，老刘最后又友情赠送了一句："我们垄断的不只是沙旗绒，而是市场对我们的依赖。"

"好。"老刘的话，老宋还得消化一阵，"放心吧老大，销售这摊事儿，哥们儿肯定给干好！"

老刘点点头，这才想起给崔泰发去条感谢的短信。

崔泰回来一条信息："好好干，我看好你们。"

回到沙旗，沫雪急匆匆地赶去给博物馆收尾，谷博士埋头扎回了实验室，老宋开始忙着招呼接踵而来的客户，老刘则叫来了小谭。

"羊绒交易所？"小谭两眼一亮。

"嗯。"老刘说道，"类似期货交易平台。"

"明白。"聪明人之间的交流，很简单。

"我找了家擅长做这个的 IT 公司。"老刘拿出手机，将联系方式转给了小谭，"需要的话，可以跟他们聊聊。"

"嗯，好。"小谭满心暗喜，自从忙完基金和研究院，他太久没事可做了。

"另外，这个交易所，用我们自己的钱搞吧。"老刘若有所思，"先不要告诉大姐他们。"

"那一百万？"小谭瞬间意会，"不用蛮绒？"

"嗯。"老刘点点头，停了一会儿才说道，"一来蛮绒也是玩家，不便当裁判；二来借着时机成熟，我想给我们自己也留点儿东西。"

"怎么了？"小谭心中一紧，"是有什么问题了吗？"

"那倒没有。"老刘摆摆手，"是有点儿太顺了。"

"什么意思？"小谭心里装不下事。

"没什么。"老刘宽慰他道，"君子不立于危墙之下，就算是给我们自己藏一块自留地吧。"

"哦。"小谭还是有点儿不把握，但既然老刘都这么说了，也不便追问下去。

"就这，忙去吧。"老刘拍拍小谭肩膀，"我下趟牧场。"

"嗯。"小谭意犹未尽，"老大，基金和研究院上正轨了，哈达也卖得挺好，我们按计划把绒也控了，品牌也站起来了，博物馆那边也要验收了，今年把产业园一建，交易所一搞，我们还能干些啥啊？"

老刘往椅背上一躺，笑着看向小谭："你说呢？"

"咱是不是该考虑启动上市的事了？"小谭眼底压抑着无比的激动。

"如卿所言！"老刘说完，难得一见地开怀大笑起来。

· 第十四章 ·
神树祈灵

当老刘再次回到大牧场时，草原上的雪已消失得无影无踪。就像哒楞说的那样，还没等到融化，就被风吹走了，徒留一地枯黄。

牧民们倒是异常开心，一年中最忙碌的产羔和抓绒季节过去了，按照生产业绩，蛮绒也将奖金打到各家的账户上。别看牧民们平时好说话，一到说钱时，那是认真得不得了。

所以，在老刘告知淇格淇奖金已打的当天，全牧场一半的人都去了趟棘嘎，拿着当初签订的协议和各自记下的业绩，在嘎子信用社对了半天账。

直到确认无误，才欢天喜地地买了酒菜回牧场，大肆庆祝起来。

也不怪牧民们较真儿，身为这片荒漠原本的主人，他们受穷太久了。靠天吃饭，天不赐雨；靠地吃饭，地不给水。就靠着一双腿每天走十几公里放羊，才一代一代勉强度日。

老刘记得，在他一次牧场巡视时，发现不少牧户，一盆水能用一整天。早上漱口洗脸，中午擦汗洗手，晚上冲凉洗脚，甚至最后还洒到屋里加湿。

老刘问他们，现在场子有井有窖的，也不用他们花钱，为啥不多打点儿水来用，卫生些。

牧民说，也试过，但心里过不去那道坎，舍不得呀。大牧场这么多年，只有羊，才能喝清水。

这些朴实而较真儿的牧户，就是这样，在这星球最极端的环境中，将最可爱的羊白白养大，取下最珍贵的绒毛，装点了这个光鲜亮丽的世界，却舍不得对自己多一丝一毫的好。

所以，当牧户们得知刘老板下来后，挨家挨户排队来场站上感恩致谢时，老刘反而不会说话了。

这是应该给他们的辛苦钱，却被他们千恩万谢，老刘不知道该如何客气。

小姜更能理解一些。他告诉老刘，以前拖欠牧户甚至赖他们账的事不少，别看牧民蛮横，那只是表面，因为没有文化，吃了太多的暗亏，很多时候甚至连坑他们的主儿都找不到。

这蛮绒来后，说起来钱比以前多了不少，但牧民们心里其实都悬着呢，因为在见到钱之前，啥都是白说。

今天见着钱了，跟当初承诺的一分不少，能不高兴吗？而且，小姜还说，牧户们已经跟淇格淇说好了，他们凑份子，今晚要请刘老板吃一整只羊，要给刘老板叠个羊被子！

老刘不禁有些感动，来沙旗一年，这是第二次吃上羊被子，比起第一次赫兰的宴请，这个被子，算是暖到心窝里去了。

"行！"老刘大气一挥，"你赶紧去棘嘎，买两箱好酒，他们请我吃羊，我请他们喝酒！"

"不用。"小姜嘴一咧，"他们早买好了。"

"这个不合适。"老刘摇摇头，"他们挣钱不容易，太破费了。"

"不贵。"小姜笑了，"他们眼里，度数高的就是好酒，度数低的就是烂酒。我都打听了，他们给你准备了两箱七十四度的大白干！"

"我的天……"锅还没热，老刘胃里已经翻腾起来……

　　当夜，每户牧民都派了一个代表来赴宴，因为餐厅不够大，老刘干脆让大家把煮羊的大铁锅搬到外边儿，一人一把刀、一壶酒，围着大铁锅，来了场盛大的篝火狂欢。

　　草原上的牧民本来就能歌善舞，又人逢喜事精神爽，大酒一上头，众人当即来了场春晚似的才艺大会演，唱歌跳舞的，骑马献艺的，还有好几户牧民取来了尘封已久的古董乐器，磕磕巴巴地奏响了草原上最嘹亮的赞歌。

　　在这大天大地下，大牧场如同迎来了它最美好的青春年华，带着这一场子的人，一场子的羊和一场子微不足道的事业，奔向那个憧憬了一代又一代的，幸福美满的未来。

　　酒至深处，老刘一摇一摆走至牧场深处，避开无可遮拦的灯光，仰望着银河，欢畅地开闸放起水来。

　　"喂！"突然肩膀被人一拍，老刘一转头，是淇格淇。本想打个招呼，突然想起自己正在"撒野"，当即差点把"洪水"给吸回去。

　　"喂，我在尿尿好不好！"老刘满头黑线。

　　"咋啦！我是没见过呢！"淇格淇冷哼一声，一脸的不稀奇。

　　"……"老刘竟无言以对，只得象征性侧过身，加速把水放完后，提上了裤子。

　　"陪我走会儿呗。"淇格淇等老刘收拾好，挽起了他胳膊。

　　"嗯。"老刘配合地跟上了大长腿的脚步。

　　"他们让我谢谢你。"淇格淇语气淡淡的，跟往常有些不同。

　　"嗯。"老刘应了声，这两个字，他今晚听了不下二十遍了。

　　"他们还让我问你。"淇格淇顿了顿，"问你，会不会一直在这里。"

　　"……"老刘想"嗯"一声应付过去，却发现这个问题，连应付都无法应付。

　　"他们怕你丢下牧场。"淇格淇眼里泛起光，"他们怕你丢下他们。"

"他们说，你是他们最尊敬的人。"

"他们说，你信守承诺说到做到。"

"他们说，你是草原上的真汉子。"

"他们还说，聪明的人都薄情，只有你除外。"

"他们还说，能干的人都自私，只有你除外。"

"他们说，你是对羊最好的老板。"

"他们说，你是他们最爱的人。"

"他们还说，他们想让你一辈子都留在这里。"

"……"

"所以……"

"这不可能，是吗……"

"你会把牧场卖掉吗？"

"还是会把牧场交给别人？"

"可以，不卖吗……"

"我……他们说，想为你放一辈子羊。"

"要是，牧场还跟以前一样。"

"是不是就不会再有人想要？"

"但你还是会走，是不是？"

"到那天，你会回来告诉我……们吗？"

"这里信号不好，你得来当面跟我们说。"

"不然……他们会一直等你的……"

"……"

"走吧。"

"你喝多了。"

"我们回去休息了。"

"阿爷说，天上有多少星星，草原上就有多少羊白白。"

"现在我是大牧场的场长，我有草原上最多的羊白白。"

"但阿爷没说，天上哪里能找到我们自己。"

"我想看看你在哪儿。"

"这样，哪天你走了，我一抬头，就知道你去哪儿了。"

"要是，牧场就是全世界该有多好。"

"那样的话，你跟羊白白一样，丢到哪儿，我都能找着。"

"唉……"

"找着有什么用？"

"羊白白能带回来，你能吗……"

"你在装醉吗？"

"真醉了……"

"憨包！"

"还以为你多能喝呢……"

"不能喝也不少喝点儿。"

"重得跟猪一样。"

"要不是我在……"

"今晚就要把你喂了羊……"

"走，回家！"

"……"

大牧场的春天，是最美的春天。

抓完绒后，草原上的羊白白迎来了它们一年之中最喜欢的
事——剃毛、洗澡。

羊毛不值钱，牧民用推子一股脑儿推干净，等着人来论车
收走。即便是沙旗白羊毛，一吨也就几千块，还不及一袋羊绒
值钱。

剃完毛的羊白白样子很好笑，站在那儿不动弹时，瘦瘦的
像狗子；蹦跶起来又调皮又欢快，像活蹦乱跳的兔子。

这里的水太金贵，一年只能给它们洗一次澡，便在这时候。

洗澡的地方就在场站背后，有一个混凝土的"游泳池"，二三十步长，十来步宽，一羊深，两头都是斜坡。

牧民会先叫来水车，将池子灌满，然后将洗澡除螨的药水一袋袋倒进池子里，搅和匀后，再将羊白白分群赶来。

见到池子，都不用牧民们吆喝，羊群便迫不及待扎进去，你挤我、我挤你地在水里调皮嬉戏，好不欢畅。

一般让羊白白待上个半小时，药起效后，才将老不情愿的它们赶出来，换下一群。

就这样，一天下来，整个大牧场的羊，便全都洗了一遍，等太阳一晒，水一干，远远望去，白花花一片，晃得刺眼，跟刚从乳胶漆里钻出来似的，能流出白汤来。

"真白啊！"老刘感叹道。

"少见多怪！"淇格淇调皮地在老刘头上系了条用羊毛编成的小白尾巴。

"别动！"淇格淇见老刘想动它，凶巴巴地吼道。

"……"老刘摇摇脑袋，小白尾巴飞来飞去，还挺好笑。

"告诉你，我没同意，不许取下来！"淇格淇警告道，表情很严肃。

"哦。"老刘吐口气，耸耸肩，从了。

"走吧，还有个仪式。"淇格淇翻身上马后，将老刘也拽上了马背。

"仪式？"老刘搂着淇格淇，随她策马奔腾在草原上。

"嗯。"淇格淇想了想，"到时别说话，跟着我一起就行。"

"哦。"老刘很好奇，这在他印象中，还是草原上第一次有跟他无关的正经事。

马驹嘚咯嗒、嘚咯嗒地带着两人，穿过大荒漠，翻过疙瘩山，绕过戈壁滩，来到大牧场最北边的一个谷洼子。

远远地，老刘便发现在洼子里聚集了很多牧民，乍一看，竟似乎集结了大牧场上所有的牧户。

这是要干啥？！羊都不管了吗？老刘还没见过这等阵仗。

就在他还在诧异时，却突然发现了一个天大的意外——一棵树！

在这大牧场里，居然有一棵树！

老刘此时的感受，丝毫不亚于在麦田里发现一头鲸鱼，又或是在海洋里发现一只熊猫。

那可是一棵正经八百的树啊，三四米高，直直挺挺，展着蓬松的枝丫，枝头上还挂着树叶。

这东西，怎么可能出现在这里？是女娲撒错了种子吗？还是烛龙把尿全浇在这儿了？

"神树。"淇格淇放缓马速，低语两字，解答了老刘的所有疑问。

牧民们围站在神树外一圈，肃穆不语。见两人到来，让出一条路。

淇格淇翻身下马，也将老刘扶了下来，挽着他手，一步一步地走到神树跟前，比所有人都离神树更近一步，几乎可以摸着树干。

老刘回头看了一眼牧民，都弓着腰，低着头，一双手端在胸前，手上无一例外，都捧着根羊毛编成的小白尾巴。

再看淇格淇，一脸虔诚地抬着头，望着神树，浅棕色的瞳孔里映出绝美的神树冠形。

老刘第一次发现，淇格淇竟然像极了荒漠传说中的女娲。那种超然，那种纯粹，那种果决，那种真挚，在这世上，再没有比这双眼眸更虔诚的爱了。

淇格淇似乎察觉到老刘正看自己，轻轻捏了捏他的手，大声说了句什么，双膝跪了下去。

身后的牧民也随着淇格淇，异口同声地说了句什么，双膝跪了下去。

老刘不会说，却也学着淇格淇跪了下去。

淇格淇双手合十，又说了句什么，弯下腰，双手撑地，吻向大地，好巧不巧，小嘴就刚好吻在树根上。

老刘也学着她的样子，弯下腰，双手撑地，吻向大地。巧合的是，在他眼前，也正好有一条隆起的树根。

于是，老刘闭上眼睛，轻轻地吻了上去。

在嘴唇碰上树根的一刹那，突然，一个熟悉的场景闯入脑海：那是一片轻飘飘的地方，暖暖的，没有风，整个世界都是雾蒙蒙的，只在远处，隐约有棵树影，寻常大小，看轮廓，像是儿童画中的苹果树，没有那么绿，也没有红果子。

自己伏身树下，轻轻吻向树脚，树根竟然是甜的，还带点儿湿滑，唇口传来透心凉，让人精神一振，于是整个世界渐渐变得清晰起来……

那是一幅画，上边七成是天，下边三成是地，中间夹着一溜可有可无的平川，若不是还有一棵树顶着，这天和地，就该合在一起了。

他们这群人，便跪在树下，久久不起。整幅画卷中，只有些个白绒绒的小家伙们，在欢快地蹦跶，烂漫天真，无所顾忌。

"起来了。"淇格淇的声音在耳边轻轻地响起，将老刘从梦境中唤醒。

"别动。"淇格淇替老刘拍了拍膝盖上的土后，将小白尾巴从他脑瓜上取了下来。

"许个愿，系在你第一眼看上的树枝上吧。"淇格淇将小白尾巴塞到了老刘手中后，也从手中变出一条小白尾巴，跟牧民们一起，绕着神树转了起来。

老刘看看尾巴，再看向牧民，大家拿着各自的小白尾巴，看着神树，缓缓地转着，嘴里念着，却像在等待什么，没有一个人上前许愿。

直到淇格淇再向老刘递来鼓励的眼神，他才明白，所有人都在等他。在那一瞬间，老刘差点儿忍不住溢出泪来。

到后来，老刘怎么也记不起自己当初在神树下许了什么愿，总之，肯定跟钱无关。不然，神树那么神通广大，又怎么可能无法实现这么个小小的愿望呢？

等老刘许完愿，将小白尾巴留在树枝上后，默默退了出去。牧民们这才陆续将自己的小白尾巴一一系在了树枝上。

望着挂满小白尾巴的树冠，老刘更加确信，这就是上天遗落在大牧场的神迹，是上天为了倾听他们虔诚的祷告而留在凡间的万物之灵。

他已分不清，自己的那条小白尾巴到底是哪一条，但有一个人记得。她不但记得，还将自己的小白尾巴，也跟他的挂在了同一个枝头，不远不近。没风时，各自安好；起风时，便纠缠到一起。

有风的时候，总是多一些吧，她想。

"刘老板。"从神树谷出来，一个小光头追上了淇格淇和老刘。

"你好啊！"老刘笑笑。他记得，这是大牧场最小的"牧民"，跟他的光头爷爷一起，打理着一个母羊群。

"刘老板，这个牧场你是买下来了吗？"小光头仰着脑瓜，一脸期待地问道。

"嗯，算是吧。"老刘点点头，想想，又摇摇头，"也不算吧。"

"那你到底买了没买呀？"小光头被老刘整迷糊了。

"你希望我买下来吗？"老刘反问道。

"嗯！"小光头重重地点了点头，"我以前也想买，但我没有钱。后来爷爷说有人买了，我还挺生气！"

　　"呵呵呵呵。"老刘笑了，"怎么，你买不起，还不让别人买啊？"

　　"嘿嘿！"小光头挠挠脑袋，"但你对咱大牧场好，对羊白白也好。所以，你买我不生气！"

　　"呵呵。"老刘拍了拍小光头，"是啊！这不是咱最好的牧场吗？谁不想买？"

　　"爷爷，爷爷！"小光头听后立马兴奋起来，甩下老刘，直奔不远处的老光头去了，"我就说嘛！刘老板也说呢！这是咱这儿最好的牧场，最好最好的牧场，怎么可能没人想要呢……"

　　"喂，刘老板。"淇格淇一手牵着马，一手又挽起了老刘，"牧场你都买得起，要不，把我这个场长也买了吧？"

　　"啊？"老刘一缩。

　　"咋啦？我又不贵！"淇格淇见老刘那尿样，狠狠送了他一掐。

　　"不是贵不贵的问题……"老刘一脸尴尬，"关键买卖人口犯法啊！"

　　"不是你说的吗？没有人报警，就不算犯法。"淇格淇一脸坏笑，"我保证不报警。"

　　"这个小姜！"老刘咬咬牙，"怎么什么都往外说！"

　　"说吧，你买我不？"淇格淇说完，翻身上马，英姿飒爽。

　　"这个……"老刘实在不知道怎么回答这个问题。

　　"没想好？"淇格淇长发一甩，两腿一夹，纵着马，蹿出去十好几步，才转头喊道："那就等你想好了，我再来接你！"

　　"啊！？"老刘头皮一麻，想追已然不及，"别走啊！等等我——"

　　草原上，响起一阵悠长的哀号。

· 第十五章 ·

晴天霹雳

老刘原本想在大牧场多待一阵，看看还有没有什么可以为大牧场做的，怎奈龙国兵发来信息，说是产业园的前期筹备完成了，冻土也解封了，准备搞个奠基仪式后正式开工，需要他这个总裁出席一下。

于是，乘着清晨的凉风，恋恋不舍地跟淇格淇告别后，老刘踏上了返程的路。途中还见了一面皮叔，他约老刘很久了，却一直没能见上。

皮叔说，贾公告诉自己，以后就跟着刘老板干了。皮叔则希望看在一面之缘上，刘老板能多照顾照顾棘嘎。

老刘让他放心，棘嘎是大牧场所在，只要大牧场好，棘嘎怎么都不会差的。

皮叔听懂了老刘的话，当即保证只要自己在，一定全力保障大牧场，不让牛鬼蛇神有可乘之机。

老刘带着欣慰，离开了棘嘎。

蛮绒科技产业园的开工奠基仪式就在产业园的选址上进行，简简单单搭了个台，刨了个坑，竖了块碑，开来两辆工程车鸣了下笛。

倒是受邀而来的人物很不少，包括许久未见的孟青在内的三位大佬自不用说，沙旗当地领导该来的也都来了，蛮绒科技的骨干成员，以及首批入住产业园的重要合作伙伴等，都非常积极地参与进来。

现在谁都看得出，蛮绒，未来可期。

老刘依然低调地客串了一回主持人。没有华丽的讲话，没有即兴的表演，高举高打地将赫兰和当地领导捧上了台面，又四平八稳地将他们接了下来。

所有人都很满意。

完事后，老刘趁着三位大佬都在，跟他们说，晚些时候想详细汇报一下蛮绒这一年以来的进展，以及下一步计划。

出人意料的是，孟青没有拒绝。可更出人意料的是，牛卫东居然托词近来事忙，让他跟赫兰汇报清楚就行。

而赫兰，则似乎心事重重，草草地应了一声，便借着送领导之机离开了。

老刘正琢磨，这帮股东怎么改了性似的，沫雪不知从哪儿钻了出来："喂，我们的刘大总裁，这产业园的奠基仪式，你都参加了。我博物馆的揭牌暨开馆仪式，你不来捧个场？"

"哦。"老刘回过神，"博物馆弄完了？"

"哼，反正没人管，随便弄弄就好了呗。"沫雪撇撇嘴，很不在乎的样子。

"走吧，先去看看。"老刘本想回头叫上小谭和老宋，却不料这两人一参加完仪式，便着急忙慌地各自忙去了。

也是，小谭好不容易有了羊绒交易所这个新战场，按他的性格，不先把这事儿彻底弄明白，是停不下来的。

至于老宋，刚到沙旗便听他乐呵呵地说了，客户赶着趟儿地往沙旗来，鹰牌、驴牌、宝宝丽之流的老客户就不说了，一些二线奢侈品牌和轻奢品牌，也都踊跃而至，大有要跟顶奢抢占一席之地的架势。

正如老刘所料，在这个行业，当把原料品质与品牌价值挂上钩的时候，蛮绒，便成了众商追捧的香饽饽。所谓打铁要趁热，老宋怎么都不会放过这个可以大卖特卖的窗口，跑去跟他看什么博物馆啊？

"喂，在想什么？"路上，也不知哪根筋不对，沫雪竟破天荒地主动跟老刘闲聊起来。

"没什么。"老刘摇摇头，叹口气，"怎么了？"

"没怎么。"两人的第一次闲聊就此夭折。

当老刘第一次步入羊绒文化博物馆时，不禁震惊了。没有撼人的空间，没有豪华的装潢，没有炫酷的科技，也没有绚丽的声色。整座博物馆，就如那大牧场的昼和夜，黑与白相衬，暗与明相间。

目光所及，皆逃不开光与影，美与简，精致与磅礴，历史与未来。长吸口气，发现连气息里，都隐含着古朴而厚重的味道；轻叹一声，竟又从回声中，听到了遥远而辽阔的传颂。

穿过时光走廊，如历经了一路牧羊文明的繁荣与萧索；抚过织机纺器，如倾听了一场工业革命的喧嚣与落寞；直到蛮绒登场，将传统养殖、科技研究、现代加工、市场细分和特色产品融会贯通，并以推动羊绒文化为品牌战略，拉开了新时代的时尚画卷。

整座博物馆中，除了末章的红旗外，最绚丽的，还是那件依然被保留下来的羊绒旗袍。

沫雪说："那不是历史，而是过早地退出了舞台的未来。"

老刘没说话，退回到起点，又细细重新走了一遍后，笑了。笑得很真诚，很阳光，直视着闻人沫雪，说："你很优秀，大姐那五千，我掏了。"

沫雪很开心，想笑，却又被老刘说得想哭：原来，在你心里，我就值这一万啊！

"可以开馆了。"老刘最后默默地说道。

"真的？！"沫雪没想到幸福来得如此之快，这个挺事儿的臭屁男，居然一点儿装模作样的整改意见都没提。

"嗯。"老刘看着沫雪，"你坐，我跟你说点儿事。"

"嗯？"沫雪发现，今天老刘有点儿反常，之前这货还从未这么认真地跟自己说过话。

"你想长期在蛮绒干吗？"老刘开门见山。

"……"沫雪没料到老刘突然问这么一句，顿时陷入了思考。

确实，一年前，她受赫兰所托，带着帮忙的心态勉强算是加入了蛮绒团队，至于那点儿工资，五千也好，一万也好，她委实没当回事。

慢慢地，她参与了基金设立，哈达设计，乃至整个接手了蛮绒品牌，连她自己也没察觉到，她每进一步，都对蛮绒的成长，发挥了至关重要的作用。

后来，见小谭、老宋之流干得风生水起，她起了好胜心，干啥学啥，学啥精啥，这对学霸出身的她而言，并非难事，最终才有了集大成之作——博物馆的完美呈现。

干到现在，她终于意识到，不是蛮绒离不开她，而是她自己离不开蛮绒了。

"想。"沫雪微微颔首。

"待遇不变。另外，我会去向其他股东争取，按蛮绒成立之初的条件，大家转让一部分股权给你，可以吗？"老刘声音很轻，但诚意很重。

"……"沫雪不可思议地看向老刘，一双美眸闪烁不已。

"不愿意？"老刘故意挑逗道。

"愿意，愿意！"沫雪怎会不愿意，作为财务负责人，她再清楚不过，别说公司未来的前景，就以蛮绒现在的估值，诸位股东的股权价值，比刚成立那会儿，早都翻了不知多少番。

"但是，这样会不会有点儿……"沫雪有些受之有愧，"我愿意当股东，跟公司共同成长。但是占这么大个便宜，确实有点……"

"你早就是蛮绒的创始人之一了，只不过到现在公司才补你一个名分罢了。"老刘轻描淡写地将此事带过，"另外，你以后也是蛮绒科技的副总，具体分管财务和品牌工作，没有意见吧？"

"嗯，没有。"沫雪用力点着头。

"好，那就，谢谢你了！"老刘伸出手。

"嗯，没……谢谢你！"沫雪低着头，跟老刘轻轻握了握，她发现，原来这个货，哦不，这个男人，手还挺温暖的。

"对了……"见老刘准备离开，沫雪突然想说点儿什么，但又没想好要说什么。

"嗯？"老刘见沫雪彷徨的样子，心下有些好笑，突然起了坏心，"怎么？米粑粑贴砂糖？"

"啊？什么？"沫雪没听明白。

"对我难舍难分呀？"老刘一笑，连皱纹都是带着坏的。

"滚！"沫雪这下听明白了。

老刘大笑着走出博物馆，本想直奔隔壁的赫兰庄园，转念一想，拨通了孟青的电话。

两人约在一个僻静的茶舍，点着香，一壶香茗，四目相对。

老刘没着急说话，孟青更是独自沉默，看样子，她很习惯也很享受这样的安静。

孟青先给老刘倒了杯茶。喝完后，老刘也为孟青倒了杯。

两杯入喉，老刘这才开口："孟姐，上次镐头的事，谢谢你了。"

"小事。"孟青两个字结束了这个话题。

"公司的事，要详细跟你汇报下吗？"老刘小心地观察着孟青。

"不用。"孟青丝毫没有多余的表情。

"那你为什么见我？"老刘觉得这么问有点儿唐突，但这个问题，他很想问。

孟青可能没想到老刘这么直接，但也没显得太过于意外，微微犹豫一下，又给老刘斟满了一杯茶后，才徐徐说道："大姐要卖公司，你知道吗？"

晴天霹雳！

老刘当即被定在了原地，呆若木鸡，刚端起的茶杯，一动不动悬在半空。

"牛卫东也同意。"孟青说的事好像跟她自己无关，也似乎没注意到老刘的表情，或许，她压根不在意老刘的感受。

"我无所谓，大姐说怎么办，我就怎么办。"孟青放下茶壶，抬头看向老刘，暗淡无光的眼神中，透着一股挥之不去的倦怠。

过了良久，老刘长舒了一口气，轻轻放下茶杯，没有喝。

"什么时候的事？"虽然控制得很好，但老刘声音里依然有些微微的颤抖。

"年初。"孟青想了想，"或许更早。"

"年初？！"老刘心一沉，那时的蛮绒连控绒都没做到，除了改革后的牧场，刚注册的基金，未成形的品牌和一揽子规划，连个完整的样子都没有，怎么会有人想着买？哦对，还有点儿哈达业务。

哈达？！

老刘一下弹直了腰：是泰绒？！！

略一回想，崔泰找到他时，还在更早的去年深秋，是他们来蛮绒四个月的时候！

难道那时泰绒就有想法了？！

"是崔泰吗？"老刘问道。

"崔泰是谁？"孟青反问。

"泰绒老板。"老刘突然想起孟青根本不关心这些。

"哦。"孟青应了声，没肯定，也没否定。

"是他吗？"老刘追问。

"你可以走了。"孟青捂着嘴，打了个哈欠。

"可以不卖吗？"老刘问道。这次，他问的是孟青个人的意见。

孟青看着老刘，看了好一阵，才算给了他一个答案："我很欣赏你，但我听大姐的。"

当老刘从茶舍出来时，感觉天都在旋转，太阳带着恶意在嘲笑，空气带着压抑在挤对，就连街边的人行道，都铺得七拱八翘，让人走得好不难受。

不行，蛮绒绝对不能卖！

老刘想了想，掏出手机，给小谭去了个电话。小谭接了，压着声音，似乎在哪儿谈事。老刘甚至没听清小谭跟他说了句啥，就隔着电话，听见那边远远传来赫兰的声音："是刘总吗？你让他来我这儿吧。"

"老大，来庄园，我们都在这儿。"说完这句，小谭挂断了电话。

当老刘急匆匆地赶到赫兰庄园时，发现除了小谭，老宋和沫雪也在。

他顿感不妙，这次是真的不妙。

"刘总，坐，不着急，先吃点儿水果。"赫兰一脸慈祥，笑着将果盘递到老刘跟前。

老刘接过果盘，点头致谢后，选了颗葡萄放进了嘴里说："甜。"

"哈哈哈哈，我专门让人从新疆给我带来的，刚下来，一天没耽搁。"赫兰很是得意。

"确实甜。"老刘不住地点头。

"大姐，要不我们先跟老大说说？"小谭有点儿担心地看了一眼老刘。

"要卖公司？"老刘直接接过话。

小谭一怔："老大，你知道了？"

"嗯。"老刘点点头，"刚知道。"

"大姐。"老刘笑笑，跟没事似的，"干吗要卖啊？"

赫兰对老刘已知晓此事，也有些意外，但还是平静地说道："趁着机会，早些套现，你们也好拿着钱，回去照顾家人嘛。"

"你要回去？"老刘转头看向小谭。

小谭赶紧摇头又摆手，一个字不敢说。

"难道是你？"老刘又看向老宋。

"没没，我家就在沙旗，我不用。"老宋也赶紧辟谣。

"没人要回家啊！"老刘双手一摊，"蛮绒就是我们家。"

"刘总。"赫兰苦口婆心，"蛮绒是你们一手干起来的，但也是我们三个股东一手创立的，这个，该卖不该卖，我们还不能说句话吗？"

"大姐，我们一直很尊重你的。"老刘坐直了腰，"但你是不是也应该尊重下我们？这么大的事，好歹你事先跟我们商量一下啊！"

"我这不正在跟你们商量吗？"赫兰说道，"刚小谭说，他老婆怀孕了。啊，我就想着，这不得回家照顾嘛。"

"弟妹怀了？"老刘再看向小谭。

"嗯。"小谭点点头，"但这跟卖公司没关系。"

"怎么没关系？"赫兰强词夺理，"按照你们之前的计划，现在公司该干的都干出来了，再干下去，还有什么啊？"

"大姐，我记得，当初我跟你们许过愿，我们是要把蛮绒干上市的。"老刘挽起袖子，"现在公司才刚刚成形，进入高速发展期，每一天，每一天，公司都在以最快的速度成长。这是公司最好的光景，这时候卖……"

"对啊！没错啊！"赫兰打断了老刘，"正因为是最好的光景，才能卖最好的价格啊！"

"这时候不卖，总不能等到业绩不行了，上市也上不了了，那时候再卖，还能有人要吗？"赫兰语气中已带着怨怒。

"大姐，你就对我们这么没信心？"老刘冷笑一声，"一年时间，从零到有，我们把蛮绒干成这样，你就这么迫不及待地要杀鸡取卵，卖孩子？"

"这不是信心的问题！是时机的问题！"赫兰似乎被老刘的话刺激到了，语气变得激动起来，"你们没经历过商海沉浮，根本不知道这后边儿的事有多难！"

"大姐，那你告诉我，后边儿的事，有多难？"老刘迫使自己冷静下来，反问道。

"有多难？你们一开始是做了点事，但离上市还远着呢！不是我打击你们，现在看着公司热闹，过了这一阵儿，随便出点儿岔子，到时你们追悔莫及！"赫兰神色严厉，俨然是教训小辈的口吻。

"出什么岔子？你告诉我。"老刘的语气也开始不那么友善。

"哼！我用告诉你吗？"赫兰气不可遏，"我做这么多年羊绒，需要用你教？"

"大姐，你知道不知道，万事开头难？我们最艰难的时候已经过去了。"老刘拿出最后一点儿耐心，"现在，我们控住了沙旗所有的绒，卖出几倍的高价，我们基金也马上可以发二期，品牌也已经打出去了，博物馆一旦开放，肯定会引发连锁效应，羊绒哈达又有稳定的现金流，工业园马上开建重资产落地，就连原本花钱的研究院都在帮我们挣钱，还有什么事能把你吓倒？要这么着急卖公司！"

"我本来随后就准备找投行，找证券公司，找保荐人朋友，帮我们谋划筹备上市的事。短则两三年，长则三五年，上市离我们真的不远啊！"老刘一口气把能说的都说完了。

"这个事情我们不讨论了。"赫兰拿出董事长的威风，"我和牛总已经决定了，公司一定要卖。现在就是卖多少的事。"

"你呢，如果同意，我们一起商量，怎么把公司卖个好价钱。你要不同意呢，我们该卖多少卖多少，你们那份也不会少你们的。"赫兰摆出一副一言九鼎的姿态，"就这么说定了，你们自己回去考虑考虑吧，我们也不会等你们。"

"姑妈……"一直站在一旁一言不发的闻人沫雪终于开口了，"公司，能不能暂时不卖？"

赫兰看一眼沫雪，没有说话。

"可以让刘总先去跑一跑看看上市的事，如果有很大的上市把握，至少我们能多卖一些钱不是？"沫雪看了一眼老刘，眼神中带着愧疚。

"没事，你们跑你们的，有什么好消息可以跟我们说，但卖不卖，不在你们。"赫兰霸道如斯。

"大姐，我们也是股东。"老刘的语气冰冷刺骨，"若硬要搅黄卖公司的事，我也不是做不到。"

"你什么意思？威胁我啊？"赫兰气极而笑，"我告诉你，在沙旗，就没有我做不到的事！"

"那你的羊绒衫，怎么一个冬天都卖不出去呢？你是留着自己穿吗？"老刘说出了来沙旗后，最不理智的一句话。

"刘某！你放肆！"赫兰一声尖吼，"信不信我立马让你们滚蛋！一分钱都拿不到！"

"除非我死！"老刘也彻底怒了，"就算我死，你也得把钱烧给我！"

"你！你……"赫兰气得满脸通红，咬着牙，捂着胸，一下坐倒在沙发上，半天没憋出话来。

"姑妈，消消气，消消气！"沫雪埋怨地回头看了一眼老刘，"你们还在这儿干吗，还不走！"

"老大，老大，咱先走，咱再合计合计，也让大姐好好想想。"老宋也赶紧上前，抱着老刘就往外拖。

小谭见状，也默不作声地跟了上来，看着老宋将老刘拖出了赫兰庄园的大别墅。

·第十六章·
大天大地

出得庄园，老刘算是冷静了下来，有点后悔先前的冲动，但仔细想想，也没那么后悔了。

按孟青的说法，赫兰从去年蛮绒刚落地没几个月就接触了买家，并且压根没告诉自己这事，说明她对卖公司一事早有想法。

只不过是他们进展够快，公司日新月异，才让赫兰对这一事持了观望态度。而现今如此坚决地杀鸡取卵，那一定是买家给出了金蛋一般让她难以拒绝的诱惑。

至于牛卫东，肯定也是清楚并支持此事的，所以才刻意躲着自己，将矛盾交给了赫兰。况且按他的性格，但凡能站点中立，都应该会调解而不至于躲，所以搞不好他还是坚定的支持派。

想到这里，老刘给牛卫东去了条短信："牛总，卖公司，你支持吗？"

过了一会儿，牛卫东把电话回过来了："小刘啊，你怎么跟大姐闹上了呀？"

"牛总，你是支持卖公司的，是吧？"老刘尽量问得平和一些。

"小刘啊，卖公司这事儿呢，我也是知道不久。大姐呢，应该是一直跟人有联络。"牛卫东也来了个苦口婆心，"开始我也不怎么赞成，咱公司干得好好的，卖它做甚？"

"但后来吧，我仔细想想，这事儿也不全是坏事。"牛卫东继续说道，"咱们这么短时间，把公司一路干到现在，是吧，该达成的目标，都达成了，接下来就等着收钱了。"

"既然是收钱，何不一次先提前收了，落袋为安？我们几个老家伙也不用担心惦记，你们几个年轻人也不用劳心费力。咱舒舒服服地拿钱走人，该养老养老，该过小日子过小日子去，多好，是吧？"牛卫东说完嘿嘿地笑了两声。

"牛总，这个公司，我们是要做上市的。"老刘也苦口婆心地回答，"我不知道买家出多少钱，能打动你们。但既然别人能出那么多钱，就一定是看好公司，认为它能挣更多更多的钱。他们这就是来摘果子的啊！他们都能看到这个公司成长的价值，为什么我们不能多想想呢？"

"牛总，论世面，我没你们见得多，公司将来上市能挣多少钱，现在卖能挣多少钱，你们应该比我们清楚。我们一穷二白的人，背井离乡走到这里，都愿意拼全力去搏一个机会。你们几位是大佬啊，不能这点儿定力都没有啊！"老刘说完，长叹一口气。

"小刘啊，你说的呢，也不是没有道理。"牛卫东还是那副不痛不痒的语气，"正因为我们经历过，所以才觉得，现在是最好的时机。"

"就我知道，人家关注我们很久了，那么大一家公司，要捏死我们，也不是多难的事。现在人家拿出诚意来买，好歹不亏待咱。要是咱执意跟人犟，哪天人不跟咱玩儿了，直接上来一阵打，咱能好得了吗？"牛卫东说着，也叹了口气。

"小刘啊，我就给你交个底儿。不是我怕别人，你看啊，大姐干羊绒衫的，多少还懂一些。我就是一个干实业的，对这行根本就瞎子两眼一抹黑。咱们将来究竟能不能干成，究竟能干成啥样，我是一点儿底没有啊！"牛卫东最终说出了心里话，"但现在，有人愿意花大价钱，把咱公司买了。不说别的，一块儿地的钱出来了吧？去投个房地产，卖卖房子，稳稳当当地把钱装兜里，何乐而不为呢？你说，是吧？"

老刘已没有耐心继续听下去，今天，他耐心已透支太多，待牛卫东絮叨完，草草挂掉了电话。不是他不想再争取争取，而是他知道，在二位大股东这边，他已没有了争取的机会。

挂上电话，他又给孟青去了条信息，颇为卑微："孟姐，可不可以求你说服下大姐，蛮绒，真的不该现在卖。"

孟青没有回话。

"老大，咱现在咋整？"老宋见老刘在那儿发呆，也没了主意。

老刘没答话，拿起电话，想了想，给崔泰拨了过去。原本只是怀疑，现在从牛卫东的话里，他几乎可以肯定，买家，就是泰绒。

崔泰没接电话，转头发来条信息："开会，有事？"

老刘静静地打着字，将信息回了过去："崔总，是你要买我们公司吗？"

过了一会儿，信息回来了："是。"

老刘想了好一会儿，才又回过去："一定要买吗？"

那边很快回了过来："是。"

老刘苦笑着："不怕是个坑？"

那边回道："你要舍不得，过来跟我干。"

老刘将短信给老宋和小谭看了看。

老宋说："老大说了算，老大说怎么办就怎么办。"

小谭迟疑了好一会儿，才说："我想回岚山了。"

老刘打了一半的信息，停了下来。

想了好一阵，删掉信息，放下手机，独自出门了。

老刘记得，去年差不多也是这个时候来的沙旗，可能晚一点，因为那时要暖和些。

一年而已，像过了一个世纪。

是啊，人和人的时间，是不一样的。

人和人，也是不一样的。

有的人，过了一辈子，也只是过了一辈子。

有的人，过这一辈子，却当真过了一辈子。

没有什么好怨的，整个世界，谁都没有错。

每个人都有自己的账要算，无所谓明晦。毕竟，大家手里的账本不一样。

遗憾嘛，谁还没有？总不能永远都让地球围着自己转，太阳也还绕着银河画圈儿不是？

还是说钱吧。嗯，说钱比较实在，来沙旗，不就是为了挣钱吗？老牛说得也没错，有钱咱先挣了不好吗？干吗非得犟那股子劲，给自己找不痛快。

只说钱，就好说多了，配合赫兰，多跟崔泰讹点；再拉着小谭，把交易所卖个好价。还有小唐那份儿，也算给他，小小唐也快一岁了，该去看看，送些奶粉钱了。

至于泰绒，算了吧，不是自己的事，干也提不起劲。钱哪儿不能挣，干吗帮别人挣？连赫兰之流都把握不住，更别说崔泰了。

拿着钱，回岚山，休息一阵，再另起炉灶不行？只是下一回，别再当小股东给人当劳什子职业经理人了。自己动手，开家面馆，也比这强。

挺好，短短一年，钱也赚了，家也可以回了，还有什么不能满足的？

嗯，挺好。

当老宋和小谭找到老刘时,他正趴在一个小饭馆里,喝多了。没闹事,也没撒酒疯,单单是睡着了。小谭买了单,老宋直接将他背回了家。

一夜睡得很安稳,只是早上醒来后,像老了几岁,也不明显,可能只是胡子没刮,眼角有些皱纹的缘故。

洗个澡,换身舒适的干净衣服,出门了。

临走只留下一句话:交易所是分开卖还是打包卖划算?

别的就再没说什么。

接下来的半个月,老刘几乎天天跟赫兰和牛卫东搅在一起,最终敲定了转让计划。

听沫雪说,刘总裁把每一笔账都记得清清楚楚,不用看报表,就几乎知道公司的每笔收支,不用拉公式,就能精确估算出每个业务板块的价值。

甚至在第三方评估报告出来前,就已知晓结果,并跟赫兰和牛卫东商量好了谈判策略。

等到真跟泰绒谈时,他反而一句话没有说,任由赫兰和牛卫东发挥,最终结果,也在众人预期之内。

而崔泰,甚至都没有来,他可能早知道结果了吧。

倒是听说泰绒的二当家后来来了,谈判达成后才来的。单独找老刘聊了半天,走的时候很客气,但也仅此而已。

忙完交割的事,沫雪本想再找找老刘,虽然连她自己也不知道要找他干吗,但还是想找找,可老刘居然下牧场去了。

她有些担心,担心他想不开。不过,想想他最近的状态,似乎也没什么,但她还是有些担心。

于是她给他去了条短信,说她很担心他,望收到回复。

可能是大牧场处在风平浪静的季节吧,他一直没有回。

于是,她忍不住又给他去了条短信,说如果他回沙旗了,记得跟她说,她想见他。

老刘下牧场了，因为淇格淇来信说，该到淘汰羊的季节了，希望他下去"主持大局"。

淘汰羊是个简单活，大概就是将每群里的老羊、病羊或不产羔的母羊选出来卖了，然后再把已经可以离开母亲的羊羔增补进羊群。

大牧场的羊群比较特别，公羊多，母羊少，而羊羔通常是一半一半。所以公羊不够补，而母羊则超员。

老刘想了想，增设了一个母羊群，又缩编了一个公羊群，这便简单粗暴地解决了。

羊好解决，不好解决的是牧民。每到这个时候，牧民都是最难过的人，他们舍不得。

以前舍不得，因为羊是他们自己的，多养一年，便能多产一年羔，多产一斤绒。

现在，这些羊连带着羔和绒都不是他们自己的了，结果还是舍不得。

老刘在孙老汉家，眼见着孙老汉将几只老羊挑来选去，磨蹭了半小时，愣是选不出来该淘汰谁。

到最后，孙老汉几乎是哀求道："老板，这羊，咱不淘汰了，行不？再养它一年，算我自己养的，折了我赔。"

老刘说："要想多养，我给你补好的，这老的不好养，不划算。"

六十多岁的孙老汉几乎是哭丧着脸说道："老板，这不是钱不钱的问题，关键养六年了，舍不得……"

老刘叹口气，最后还是要求把羊淘汰了。他曾犹豫了那么几秒，多留一只、少留一只有什么要紧？更何况，严格意义上讲，这已经不是他的羊了。

但他知道，这是自己最后一次下大牧场了，不能因为一只羊，让他在这里留下牵挂。

大牧场是如此的完美，以至于多一只，或少一只，都似乎不那么完美了。

淘汰羊的进展很快，老刘只在牧场待了两天一夜。那一夜，还是去棘嘎住的，说是给羊买些药。

淇格淇有些不解，白天不能去买吗？好不容易下来一次，除了羊，就真没有别的可惦记了？

她看出了老刘的重重心事，也看到了他紧锁的眉头，她很想用自己，为他抚平烦恼。但她知道，除了自己，她没什么能为他做的，甚至她已经不确定，连她自己，是否还是他的什么人？

只要他还是刘老板就好，有大牧场在，一切都会好起来的。淇格淇这么想着，也就释怀了。

老刘回到沙旗，开始收拾东西。其实，东西不多，一两个纸箱就装完，但他还是收拾了整整两天，总觉得似乎还有什么事在等着他，但他想来想去，也不知道，究竟有什么事还等着他。那一瞬间，他突然意识到，沙旗，已经不需要他了。

小谭本想等老刘一起，但见他这样，又念着大肚子的老婆，便提前辞行，先走了一步。

老宋想陪下老刘，但见他好像并不需要，便先回家了，只说有事联系，随叫随到。

倒是龙国兵来找过一次老刘，他应该也知晓了此事，来向老刘最后请教一番产业园的事，老刘知无不言，言无不尽，却没有答应让他践行。

老刘终于想到了什么事，给哒楞去了个电话，跟他说了蛮绒的事，请他将来多关照下大牧场。

哒楞爽快应了，他告诉老刘，自己马上就是副站长了，以后大牧场的事，大可放心。

老刘有些诧异，问起老尕现状，哒楞说："有人参了他一本，已经留职了，就是因为大牧场的事。"

老刘苦笑着调侃道："不是你参的吧，哒站长？"

哒楞干笑两声，挂掉了电话。

老刘明白了。

走的那天，老刘还想看看那座飞艇基地，于是便早了些出门，让小姜将行李搬到车上，绕了个路。

在基地，遇上了贾公和谷博士。谷博士是来取样的，今年六十吨的绒，卖了五十吨，留下十吨备用。这玩意儿，跟钻石一样，只要不受潮不生虫，放一百年都不变质。

贾公带着老刘在基地转了一圈，送到车门跟前，才想起抽一支烟，明知老刘不抽，还是递了递，被老刘拒绝了。

"你说，你来这一趟干啥？"贾公抽口烟，笑呵呵说道，"自己没落着好，还把我给整下来了。"

"哈哈哈哈。"老刘闻言笑了，"挣到钱就行，哪管那么多。"

"你缺钱跟我说啊，我带你啊。"贾公双手一摊。

"哈哈哈哈——"俩人相拥而笑。

"唉，走了好，走了好！"送老刘上车，帮他关上车门后，贾公转过身，掐灭烟，弓着背，向后挥了挥手，"沙旗没好人啊！"

最后，独独留给老刘一个老人的背影。

"刘总，沙尘暴了。"小姜开着车，突然说道。

老刘一抬头，看见一片茫然。

"这还能飞吗？"不知为何，老刘现在特别希望能尽快离开这里。

"能的吧。"小姜挖挖鼻孔，"很快就过去了。"

"嗯。"老刘又低头看手机了。

"刘总。"小姜慢慢开着车，看了一眼老刘。

"嗯？"老刘头也没有抬。

"你是不是再也不会来沙旗了？"小姜此话刚出，老刘已是泪流满面。

泪眼蒙眬中，他似又回到了那片初见时的红格尔日坦图布隆德勒乌乌玉林大牧场。

银河自大地的尽头而起，跨过整片穹庐，落入大地的另一边，壮丽得如同佛祖的一根手指，美丽得如同仙女的一根彩带，将整块大地，笼罩在霓虹之下。繁星多如羊毛，镶满深空，色彩纷呈，熠熠生辉，还有如绒絮般的星云，在银河中形成旋涡，此起彼伏。

这时，突然有几个声音冒了出来，说：

"你可来了，都想死你了！"

"我有个想法，呵呵，老大，你看行得通不。"

"来，刘总，看看我特意为你准备的！"

"你说你，小刘，哪有这样跟老板讲话的！"

"刘老总，我从小养羊，读过中专，啥都会！"

"刘总，告诉你个好消息！"

"刘总，你要不要干把大的？"

"刘总！哎呀！稀客稀客！"

"刘老板，不亲自杀只羊给我看？"

"刘大总裁，活儿都让我们干了，那你干吗？"

"……"

听着听着，老刘终于明白，为什么这里的人都管这里叫大天大地：

天，是所有人的天；

地，是所有人的地；

所有人加在一起，就是大天大地。

所有人。

尾　声

"爷爷，爷爷！你看，又来好多车咧！"

"嗯。"

"是领导吗？"

"得是吧。"

"那会有刘老板吗？"

"不知道。"

"我怎么很久没见刘老板咧！"

"嗯，是很久咧……"

"你说，他会不会不要咱这儿咧？"

"嗯……应该不会。"

"为啥咧？"

"咱这儿可是最好的牧场咧！"

"是呢，最好最好的。"

"……"

"爷爷。"

"咋咧？"

"他们都说刘老板很会养羊。"

"呵呵……"

"可咱也没有见过他养羊咧。"

"呵呵……"

"你笑个啥？"

"笑你！笑啥。"

"我有啥好笑的咧……"

"笑你啥也不知道。"

"我知道……"

"你知道个啥？"

"我知道的可多咧……"

"你个碎娃，一天除了吃，还知道个啥？"

"我知道我知道！我知道咱牧场的人都挣了钱，我知道咱淘汰羊卖了好多钱，我知道咱羊绒金贵，我还知道……"

"你还知道个啥？"

"我还知道，咱淇场长对刘老板特别特别想念！"

"你个屁娃，听谁说的！"

"我猜的。"

"哟，我娃还灵得很咧，都会猜咧。"

"嗯！我好几次都见淇场长爬到场站屋顶上咧。"

"……"

"她得是上去跟刘老板发信息咧？"

"……"

"可是，她为啥不去旗里找刘老板咧？"

"屁股不大操心大，你管人家咧！"

"不是咧……"

"不是啥？"

"我想……我想淇场长去把刘老板找回来咧……"

"……"

"爷爷……"

“嗯？”

“我也想刘老板咧……”

夕阳一点一点地消失在了地平线，天色渐暗，大牧场却早已歇息。

羊白白吃饱喝好回到了圈里，牧民们随便对付点儿后，也都躺下了。

只有一个身影，孤零零地蹲在场站屋顶，拿着充了一天电的手机，等待着风吹来的信息。

我终于明白

我终于明白

世间有一种思绪

无法用言语形容

粗犷而忧伤

回声的千结百绕

而守候的是

执着

一如月光下的高原

一抹淡淡痴痴的笑

笑那浮华落尽　月色如洗

笑那悄然而逝　飞花万盏

…………

——仓央嘉措

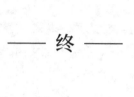

后 记

　　在离开沙旗后的某年某月，老刘带着家人在海岛度假，突然接到一个陌生来电，是老宋夫人打来的。她哭着告诉老刘："老宋前天走了，溺水身亡。"

　　老刘一时有些精神恍惚，连"节哀"之类的话都忘了讲。感觉昨天大家还在大牧场上对酒当歌，人生几何，而今天却被告知老宋游进大海，头也不回地去往了生命彼岸，如此突然，叫人怎生舍得？

　　接着，老刘叫上小谭，去了沙旗，看望了老宋的家人，却再也没见着老宋，他真的走了。

　　时间流逝，又是某年某月，老刘突然想起这几天好像差不多是老宋生日，却又忘了具体的日子，于是翻开了他那尘封已久的朋友圈，发现里边全是关于沙旗、大牧场和白绒山羊的点点滴滴，一时间，老刘老泪纵横，久久不能自已。

　　悲伤过后，老刘才决定将这一段经历写下来。以便将来有一天，跟老宋再见面时，好跟他说："嘿，哥们儿，咋样啊？要不，咱再去草原走一遭？我这儿刚好有本秘籍，里边，还有你呢！"